NEWS!

BLA
BLA !
TV

POCQQ

COMMENT S'INFORMER ?

SOPHIE EUSTACHE

Illustrations

ÉLODIE PERROTIN

GUIDE DE L'APPRENTI.E JOURNALISTE 106

LES MOTS DU JOURNALISME 114

LEXIQUE 117

POUR ALLER PLUS LOIN 122

SOMMAIRE

Introduction 11

S'informer aujourd'hui 19

Comment circule l'information ? 33

Comment travaillent les journalistes ? 43

L'information est-elle libre ? 71

L'objectivité est-elle possible ? 91

Pour finir 103

« Je crois que l'homme sera littéralement noyé dans l'information, dans une information constante, sur son corps, sur son devenir corporel, sur sa santé, sur sa vie familiale, sur son salaire, sur son loisir… »

Marguerite Duras, 1985

« Chaque journal, compte tenu de son objet et du public auquel il s'adresse, pratique une sélection dans la multiplicité des choses qui se passent […] pour construire une information qui est un point de vue particulier sur le monde […] »

Patrick Champagne
La Double Dépendance, sur le journalisme

INTRODUCTION

BIEN AVANT la révolution Internet et numérique, en 1985, Marguerite Duras avait déjà prédit l'avènement d'une société hyper-connectée et dominée par une information mondialisée, incessante et omniprésente. L'avènement d'une société où l'information coloniserait tous les espaces, aussi bien publics qu'intimes.

De l'info partout et tout le temps…
ça ne vous rappelle rien ?

Aujourd'hui, en pleine ère Internet, des réseaux sociaux et des objets connectés (smartphones, montres et bracelets connectés, tablettes tactiles…), une quantité gargantuesque d'informations est produite. En 2024, on estime que le volume de données créé chaque jour représente 4,7 millions de gigaoctets par seconde. Il s'agit aussi bien des données créées par les humains (tweets, vidéos, SMS, e-mails…) que celles générées par des robots, des algorithmes et des capteurs (sondes météorologiques, transactions bancaires, caméras de surveillance, etc.)… en augmentation exponentielle depuis quelques années, en raison du streaming et de l'Intelligence artificielle (IA). Pour fabriquer l'information, les journalistes font des choix parmi toutes ces données.

Un monde d'informations

Une fois sélectionnées par les journalistes, ces données nous arrivent à travers différents supports : les chaînes d'information en continu (BFM, CNews…), les agrégateurs de contenu (Google Actualités), les réseaux sociaux (TikTok, X, Snapchat, Instagram, YouTube, Facebook, etc.), les applications mobiles… sans oublier les médias plus traditionnels comme les journaux papier ou web, la radio et la télévision.

Ainsi, le problème n'est pas tant de s'informer que de transformer cette information en connaissances, c'est-à-dire de se l'approprier et de l'analyser, pour comprendre la société dans laquelle nous vivons.

Pour illustrer, parlons un peu de la journée de Léa, personnage fictif mais néanmoins réaliste. En prenant son petit-déjeuner, la jeune femme écoute le journal de 8h, diffusé à la radio, qui l'informe de l'actualité internationale, politique, sportive et culturelle. Ensuite, Léa rate le bus et en attendant le prochain, elle jette un coup d'œil à TikTok et Snapchat sur son téléphone portable. Sur TikTok, plusieurs de ses amis ont réagi à des vidéos à propos de manifestations lycéennes réprimées par la police. Sur Snapchat, une vidéo retransmet en direct une assemblée générale.

À 16h, Léa, retrouve ses amis pour prendre un café. Dans la brasserie, plusieurs écrans retransmettent le discours du Président de la République, Emmanuel Macron, tenu le 1er septembre 2022 devant des diplomates français à qui il déclare : « [Notre pays] est attaqué dans les opinions publiques par les réseaux sociaux et des manipulations. […] À cet égard,

nous devons beaucoup mieux utiliser le réseau France Médias Monde. […] Parce qu'il y a parfois un décalage conceptuel entre l'idée que nous nous faisons dans nos frontières de l'indépendance, ce qui est tout à fait légitime de la part des journalistes et des rédactions et la réalité à laquelle ces mêmes rédactions sont confrontées sur le terrain quand il y a des propagandes anti-françaises réelles. » Léa reçoit une notification sur X. Un syndicat de journalistes vient de publier un communiqué dans lequel il répond au Président de la République et tient à rappeler l'indépendance des journalistes à l'égard de l'État. Avant de se coucher, elle regarde une vidéo du Youtubeur HugoDécrypte, qui analyse et explique la guerre en Ukraine.

Comment faire le tri dans cette myriade d'informations ? Et surtout, quel crédit leur porter ? Qu'elle provienne de médias traditionnels ou qu'elle circule via les nouveaux moyens de diffusion (réseaux sociaux, blogs, moteurs de recherche…), une information doit toujours être manipulée avec précaution.

Libérons l'information

Nous devons aussi nous interroger sur le rôle et la position des acteurs de l'information, car l'information n'est pas un produit naturel. Elle est produite par des journalistes, des humains qui vivent au sein d'une société et qui portent un regard subjectif sur le monde. Leur façon de regarder les événements du monde dépend de leur classe sociale, de leur culture… Les journalistes font des choix dans la multiplicité des événements qui arrivent dans le monde tous les jours. Mais qu'est-ce qui motive leurs choix ?

Alors que l'information et les moyens de diffusion foisonnent, se pose aussi la question de la concentration des médias. Une poignée d'industriels seulement possède le monopole des canaux de diffusion de l'information et des moyens de production. Aujourd'hui, quelques grands patrons se partagent la presse en France : l'homme d'affaires Rodolphe Saadé possède le groupe NextRadioTV (BFM, RMC…), Xavier Niel, le fondateur de Free, détient le groupe Le Monde (*Le Monde*, *Télérama*, *L'Obs*, *Le Monde diplomatique*), Vincent Bolloré possède, à travers le groupe Vivendi, le groupe Canal (Canal +, Cnews, C8) et a racheté en 2021 les médias détenus par le groupe Lagardère (Europe 1, Paris Match) ainsi que l'éditeur Hachette.

Quant à l'industriel Bouygues, il possède le groupe TFI (TFI, LCI, TMC). Pour ces propriétaires de médias, qui portent à la fois la casquette d'industriel et de patron de presse, le devoir d'information entre souvent en conflit d'intérêt avec leurs activités commerciales.

Cette concentration, qui se traduit par une homogénéisation de l'information (on a parfois la sensation de voir la même information partout), interroge. Heureusement, il existe aussi des journaux indépendants et leur existence garantit le pluralisme des idées dans le débat public.

Quant au web, quelques géants mondiaux – Google, Amazon (dont le président Jeff Bezos a racheté le célèbre journal américain *The Washington Post*), Meta (Facebook) et Apple (les GAFA) – se partagent le gâteau. Ils jouent un rôle important dans la façon dont circule l'information et aujourd'hui, les journaux en ligne sont fortement tributaires des GAFA pour obtenir de l'audience.

Pour naviguer sur les flots tumultueux et diluviens de l'information, des outils existent.

Suivez le guide…

Késaco

LA LIBERTÉ DE LA PRESSE

La liberté de la presse garantit le droit de créer un journal et d'y publier des informations, mais aussi des opinions. Elle est considérée comme l'une des principales libertés publiques. En France, elle est encadrée par la loi du 29 juillet 1881. Cette loi est toujours en vigueur aujourd'hui et pose aussi les limites de cette liberté : elle interdit de publier des messages racistes ou xénophobes ou des messages à caractères violents. Elle sanctionne aussi l'injure et la diffamation.

La liberté de la presse est totalement absente dans les dictatures où les journalistes sont souvent emprisonnés ou assassinés. En démocratie, les hommes d'affaires et les personnalités politiques utilisent néanmoins la pression économique pour contrôler la presse. Il arrive aussi que des journalistes soient assassinés comme cela a été le cas lors de l'attentat perpétré par des fondamentalistes religieux en janvier 2015 contre *Charlie Hebdo*, un journal satirique.

Depuis 2000, près de 1 800 journalistes ont été tués dans le monde. La guerre entre Israël et le Hamas déclarée le 7 octobre 2023 a été l'une des plus dangereuses dans l'histoire du journalisme moderne, avec au moins 147 journalistes tués en près d'un an.

Alors aujourd'hui ?

Comment et par qui est produite l'information qui nous parvient tous les jours ?

L'information est-elle vraiment libre et que pouvons-nous faire ?

24/7 B/A

S'informer aujourd'hui

AUJOURD'HUI, le système médiatique ressemble à une hydre, ce monstre mythologique connu pour ses milliers de têtes qui ont la caractéristique de se dédoubler chaque fois qu'on en tranche une. Face à cette myriade de médias, on se sent un peu comme Hercule face à l'Hydre de Lerne. On ne sait pas trop par quel bout prendre le monstre de l'information.

Comment savoir si je peux faire confiance à un média ? Est-ce que je peux m'informer sur les réseaux sociaux ? Que valent les médias gratuits ? Comment discerner une publicité et un article ? Qui sont les nouveaux médias ? A-t-on encore besoin des journalistes ?

Le grand bain du net

PEUT-ÊTRE avez-vous déjà tenté l'expérience de passer une journée sans information ? À moins de se retrouver en pleine campagne sans téléphone, sans réseau, sans télévision, ni radio et journaux, il est quasi impossible d'y échapper !

C'est que l'info est diffusée sur une multitude de canaux différents : à la radio, à la télévision, sur les journaux papier, mais aussi et surtout sur Internet, via les sites des journaux traditionnels (lemonde.fr, liberation.fr, lefigaro.fr…) et les réseaux sociaux.

Les journaux traditionnels ont compris très tôt l'intérêt d'Internet. *Le Monde* a par exemple ouvert son premier site en 1995 ! Avec l'apparition des réseaux sociaux et l'Internet 2.0, les médias ont vu l'opportunité de toucher un large public, dont les jeunes. Depuis janvier 2015, une vingtaine de médias anglophones (CNN, *Daily Mail*, *National Geographic*, *Cosmopolitan*, Mashable…) publient des éditions sur la plateforme Snapchat Discover. En France, France Inter et Le Monde ont intégré ce réseau social dont raffolent les jeunes et qui compte 20,2 millions utilisateurs par jour. Le quotidien vespéral a aussi rejoint la plateforme de partage vidéo TikTok, qui est la deuxième application la plus téléchargée dans le monde en 2024. Plus récemment, la plateforme Twitch a été investie par les médias traditionnels, ainsi France Info, France Inter et Arrêt sur images ont ouvert leur chaîne sur cette plateforme dédiée à l'origine aux jeux vidéos.

Cette évolution a dans un premier temps fragilisé les journaux traditionnels, financés en partie par la publicité (*Le Monde*, *Le Figaro*, *Les Échos*, *Libération*) qui ont vu leurs revenus publicitaires captés par les géant du web. Puis ces derniers leur ont apporté une audience conséquente, et donc de l'argent via la publicité. C'est le cas des médias traditionnels, et surtout des nouveaux médias gratuits, dont les moins de 30 ans sont friands : Brut, Konbini, Loopsider…

Vous êtes sûrement déjà tombé sur un article de Konbini. Ils sont très partagés sur les réseaux sociaux et font souvent le buzz !

Il faut savoir que ces nouveaux médias sont financés entièrement par la publicité, en particulier par les « contenus sponsorisés », c'est-à-dire financés par Orange, Coca-Cola ou d'autres marques. Ce modèle économique les rend particulièrement dépendants des géants du web, comme Facebook ou Google.

Entre 2014 et 2017, les entreprises de technologies comme Meta, X, SnapChat et Google sont devenus des poids lourds incontournables dans l'écosystème de l'information. Meta et SnapChat ont même développé des outils qui permettent aux médias de publier des articles directement sur leur plateforme.

Certains médias n'existent d'ailleurs que sur les réseaux sociaux. En papillonnant d'Instagram à Snapchat, on voit foisonner ces vidéos courtes, rythmées par des images d'actualités et des gifs rigolos. Ces vidéos sont agrémentées, sous forme de sous-titres, d'informations concises et factuelles. Brut, Now This (média américain) et AJ+… ils sont plusieurs à s'être emparés de ce format. Même les chaînes traditionnelles, comme France Info, s'y sont mises !

Késaco

L'AUDIENCE, D'OÙ VIENT-ELLE ?

Les sites des médias traditionnels sont très dépendants des réseaux sociaux et des agrégateurs de contenus (Google Actualités, par exemple) qui leur apportent une audience conséquente. En faisant la pluie et le beau temps de l'audience, on peut dire que Google et Meta ont un droit de vie et de mort sur une grande partie de la presse présente sur Internet.

En 2018, un nouveau changement de l'algorithme de Facebook a entraîné une chute du trafic des médias d'information. Selon une étude de l'Institut Reuters d'Oxford publiée en septembre 2018, qui s'est penché sur le trafic des médias de journaux de six pays européens : « l'audience générée par le réseau social a baissé de 9 % en moyenne au cours des trois mois ayant suivi le changement d'algorithme ». Le Monde a été particulièrement touché par ce changement, puisqu'il a perdu 30 % de son trafic. Selon cette même étude, 41 % des Français s'informent par le biais de Facebook. Pour le journaliste Éric Scherer, « il n'est pas exagéré de dire que Facebook est devenu le kiosque mondial de l'information. (...) Les géants du web sont venus s'intercaler en eux (les journaux) et leur audience ».

Qui nous parle ?

COMMENT connaître la ligne éditoriale d'un journal ? Qui fabrique l'information ? Comment est-elle financée ? Qui sont les journalistes ? Comment choisissent-ils les événements à couvrir dans le journal ? Que vaut l'information qu'on trouve en ligne ?

Il existe quelques techniques pour comprendre où l'on a mis les pieds quand on tombe sur un site inconnu après avoir cliqué sur un titre alléchant. Quand le site n'est pas un site très connu du grand public, il y a en général un onglet « Qui sommes-nous ? » ou « À propos » qui explique la ligne éditoriale et présente les personnes en charge du site.

Il permet de comprendre si on est sur un site d'information, un site d'un parti politique, d'une association, d'une institution ou sur un site parodique. Si aucune information de ce type n'est présente, alors méfiance ! Il est possible que le site soit géré par des personnes mal intentionnées.

Le Gorafi ou Nordpresse sont célèbres pour parodier la presse. Dans la rubrique « À propos », Le Gorafi se présente comme : « impartial et irréprochable. Tous les articles relatés ici sont faux (jusqu'à preuve du contraire) et rédigés dans un but humoristique. L'utilisation de noms de personnalités ou d'entreprises est ici à but purement satirique. »

Malgré cette transparence, des personnalités politiques se sont faites piéger par Le Gorafi. En 2014, Christine Boutin, catholique conservatrice et ancienne présidente du Parti chrétien-démocrate, avait repris très sérieusement dans une interview sur BFMTV un élément de langage inventé par le site parodique… Elle avait très sérieusement cité une « stratégie provisoire d'avancement à potentialité différée », une formule inventée par Le Gorafi pour se moquer de la façon dont parlent les hommes et femmes politiques.

ne gobons pas l'info !

IL EST VRAI que beaucoup de fake news (ou infox) et de publicités circulent sur les réseaux sociaux, mais on y trouve aussi des informations enrichissantes. Des citoyens, des chercheurs, des activistes y publient des analyses et des articles sur leurs travaux de recherche, auxquels nous n'aurions pas accès sans Internet. Il serait dommage de s'en priver ! Mais il est toujours bien d'en savoir un peu sur ceux qui prétendent nous informer, qu'ils soient chercheurs, historiens, simples citoyens, journalistes… Connaître leur parcours, leurs opinions politiques, leurs engagements, leurs publications antérieures… permet d'avoir une grille de lecture ou d'analyse.

C'est important, même quand le média est reconnu et réputé. Pourquoi le journaliste a-t-il choisi de parler de ce sujet plutôt qu'un autre ? Pourquoi en parle-t-il de cette manière ? Pourquoi l'information a-t-elle été mise en une du journal ? Ce sont des questions légitimes à poser.

Pour comprendre le traitement de l'information, c'est-à-dire la façon dont les journalistes parlent d'un sujet, il faut garder en tête la ligne éditoriale du journal, son parti pris politique et idéologique. Ils en ont tous, plus ou moins assumés, et il est important de les connaître pour pouvoir analyser les articles et la façon dont sont traités les faits.

Il est aussi important de connaître son modèle économique et son degré d'indépendance : à qui appartient le support d'information ? Comment est-il financé ? Quels sont les moyens matériels alloués aux journalistes pour faire leur travail ? Mais aussi comprendre qui sont les journalistes.

Pour expliquer comment nos besoins et nos sociétés influencent notre regard sur le monde, le sociologue Patrick Champagne cite un exemple donné par l'anthropologue Claude Lévi-Strauss dans son livre *La pensée sauvage* : « chacun voit en fonction de ses besoins et de ses intérêts. Là où l'ethnologue ne voit indistinctement que de "l'herbe" et "des arbres", l'indigène verra les plantes pour guérir les maladies, les plantes à manger, les graines pour faire dormir, etc. »

Comme l'ethnologue ou l'indigène, un journaliste voit le monde selon ses besoins, et surtout les besoins de son journal. Imaginons qu'il y ait une grève dans une usine.

Un journaliste du *Figaro*, dont la ligne éditoriale historique est de droite, ira poser des questions au directeur et fera certainement un article sur le bilan économique de l'usine et sur les projets de la direction. Un journaliste de *L'Humanité*, dont la ligne éditoriale est liée à la gauche, s'attachera

à parler aux ouvriers et aux syndicats pour connaître leurs conditions de travail, leurs salaires, s'informer sur les licenciements, les accidents du travail…

Partant du même événement, deux journalistes de deux journaux différents ne feront pas les mêmes choix. « Parmi le nombre infini des "choses" qui se passent chaque jour dans le monde, chaque média n'en retient qu'un nombre restreint en fonction de ses intérêts et de ceux supposés de ses lecteurs, auditeurs et téléspectateurs », explique ainsi le sociologue.

Il ne s'agit évidemment pas de tomber dans la paranoïa, mais pour avoir une analyse fine et critique des articles que l'on lit, il vaut mieux avoir des clés et des connaissances sur les contraintes et réalités structurelles qui encadrent la presse.

+ Késaco

OÙ S'INFORMAIT-ON AVANT ?

En 1631, l'un des plus anciens journaux est publié en France. C'est *La Gazette*, créée par Théophraste Renaudot.

L'industrialisation au XIXe siècle engendrera de nombreux journaux qui existent encore aujourd'hui : *Le Figaro* (1826), *La Croix* (1880). *Le Temps*, créé en 1861, deviendra *Le Monde* après la Seconde Guerre mondiale.

Au XXe siècle, émergent *L'Humanité* (1908), *Les Échos* (1904), *Ouest France* (1944) et *Libération* (1973). En 1915, *Le Canard enchaîné* est fondé pour résister à la censure de guerre.

En 1949, le premier journal télévisé est diffusé par la RTF, qui devient, en 1964, l'ORTF.

Dans le domaine de la radiodiffusion, l'État détient le monopole jusque dans les années 1970, où émergent les radios pirates, aussi appelées radio libres. En 1981, l'étau de l'État se desserre un peu mais de nombreuses radios héritières du mouvement des radios libres tombent sous la coupe de groupes de communication. C'est le cas de NRJ et Fun Radio.

LA GAZETTE

Le Monde

Libération

LE PROGRÈS

Le Canard enchaîné

blabla
blabla
bla

Comment circule l'information ?

EN ENTRANT dans un kiosque, en surfant sur les sites Internet des journaux ou en zappant entre les journaux télévisés, on a souvent l'impression de voir la même information partout. On appelle ce phénomène la concurrence mimétique, ou pour reprendre l'expression du sociologue français Pierre Bourdieu, la circulation circulaire de l'information.

infos en boucle

EN 1996, dans une conférence retransmise à la télévision, Pierre Bourdieu analyse ce phénomène en ces termes : « On dit toujours que le monopole uniformise et que la concurrence diversifie. Je n'ai rien, évidemment, contre la concurrence, mais j'observe seulement que, lorsqu'elle s'exerce entre des journalistes ou des journaux qui sont soumis aux mêmes contraintes, aux mêmes sondages, aux mêmes annonceurs (il suffit de voir avec quelle facilité les journalistes passent d'un journal à un autre), elle homogénéise (l'information). » Pour s'en apercevoir, il suffit de comparer les couvertures des journaux.

Les journalistes ont tendance à se copier les uns les autres, par peur de passer à côté d'une information, pour aller plus vite que la musique. Si *Le Monde* a parlé de tel événement, *Libération* se sent obligé d'en parler aussi, de peur de perdre des lecteurs. Dans son essai, *Sur la télévision*, le sociologue rappelle un des outils de travail des journalistes : la revue de presse, qui consiste à passer en revue l'intégralité de la presse pour en faire une synthèse de l'actualité et repérer des idées de sujet. Les journalistes s'informent aussi par les autres journaux.

C'est d'ailleurs ce que les profs rabâchent aux étudiants en école de journalisme : lisez la presse, toute la presse !

Que fait le voisin ?

AINSI, la journée d'un journaliste commence en général par la lecture des journaux. Ils lisent aussi bien la presse nationale que la presse quotidienne régionale (*Ouest-France*, *Sud Ouest*, *Les Dernières Nouvelles d'Alsace*, *Le Républicain lorrain*, *Le Dauphiné libéré*...). Pour les journalistes de télévision, *Le Parisien* (quotidien qui traite de l'information nationale et de la région parisienne) est un incontournable. Ils y puisent de nombreuses idées pour remplir le journal télé.

Ce phénomène de concurrence mimétique se retrouve aux quatre coins du globe. Dans l'ouvrage, *L'Information à tout prix*, les chercheuses Julia Cagé et Marie-Luce Viaud et le chercheur Nicolas Hervé évoquent le travail que Pablo Boczkowski a mené en 2010 au sein des rédactions des deux plus grands quotidiens argentins. Ils expliquent qu'il a documenté « cette part du travail des journalistes qui consiste, sur Internet, à surveiller de près les sites des concurrents pour être sûrs de ne pas passer à côté d'une information qu'ils couvrent - et cette tendance à avoir parfois recours à la "facilité" et à reprendre presque tel quel l'article d'un concurrent. »

CAR si Pierre Bourdieu observait déjà ce phénomène dans les années 1990, cette tendance s'est accentuée avec Internet, où l'information circule de plus en plus vite, et le copier-coller aussi ! L'économiste spécialiste des médias Julia Cagé et ses collègues ont observé, à l'aide d'algorithmes, comment les informations et les articles circulent sur Internet. En 2013, ils ont ainsi analysé un corpus de 2,5 millions de documents, soit 7 000 documents par jour. Ils sont arrivés à la conclusion que 64 % de l'information mise en ligne par les médias est du copier-coller pur et simple. « Les médias, y compris les médias de référence, se contentent régulièrement de reprendre les contenus originaux produits par l'AFP ou leurs concurrents, sans même y ajouter d'efforts rédactionnels, voire en omettant parfois les procédures réglementaires de citations et de crédits », c'est-à-dire sans expliquer de quel média provient l'information originale.

Cette fâcheuse habitude du copier-coller s'explique en partie par la guerre impitoyable à laquelle se livrent les médias sur Internet pour être les premiers à sortir une info, mais aussi par la réduction des effectifs au sein des rédactions. Pour rester en tête dans les référencement des moteurs de recherche (apparaître en premier sur Google Actualités), les médias doivent publier toujours

plus d'informations et toujours plus vite, mais avec de moins en moins de moyens humains dans les rédactions. Aux États-Unis, entre 2007 et 2022, le nombre de journalistes de presse quotidienne est passé de 75 000 à 31 860. Les chercheurs estiment que, si la conjoncture ne change pas, le nombre de journalistes aux États-Unis tombera à 7 000 en 2025.

En France, on observe quand même une chute du nombre de journalistes depuis 2009 qui est passé de 40 000 à 34 051 en 2024.

Cette logique de la course à l'audience et à la rentabilité est catastrophique pour la qualité de l'information et pour le débat public. En effet, comment se faire sa propre opinion si on voit la même information partout, les mêmes analyses et que la contradiction est étouffée par la concurrence mimétique ? Pour se faire son idée et construire ses convictions politiques ou citoyennes, il faut avoir accès à différents points de vue, il faut que le pluralisme des idées puisse s'exprimer.

Dans le fonctionnement actuel des médias, si le pluralisme n'a pas complètement disparu, il est dilué par le flot d'informations copiées-collées en circulation sur la toile.

les algorithmes

LA FAÇON dont sont conçus les algorithmes des réseaux sociaux rend aussi difficile l'accès à des opinions contradictoires, ou différentes de la sienne. Des chercheurs, qui ont étudié la question, appellent cela « la personnalisation de l'information ». Pour choisir quelles informations seront montrées dans le fil d'actualité (*news feed*) ou feront l'objet d'alertes, les algorithmes se basent sur de nombreux critères : les dernières recherches de l'utilisateur, ses goûts, les partages de ses amis, le dernier article qu'il a lu ou encore la popularité de l'article… Si on en connaît quelques-uns, ces critères restent pour la plupart obscurs.

Ce sont ainsi les algorithmes des réseaux sociaux qui déterminent l'importance d'un article et sa visibilité, en fonction du nombre de partages, de sa popularité et des centres d'intérêt des internautes.

« Cette personnalisation de l'information et hiérarchisation par des algorithmes risquent de faire passer les lecteurs à côté d'informations importantes et de points de vue différents. D'autant plus que les jeunes sont plus à l'aise avec les algorithmes qu'avec les éditeurs », s'inquiète Nic Newman dans un rapport du Reuters Institute.

La transparence quant au fonctionnement de ces algorithmes est un enjeu démocratique important, d'autant plus que l'information du citoyen n'est pas la priorité de ces multinationales, dont les motivations sont avant tout mercantiles. Elles sont en concurrence les unes avec les autres pour engranger des revenus publicitaires, grâce aux données accumulées sur chaque utilisateur. Ce ne sont plus des « temps de cerveaux disponibles », mais des « cerveaux individuels », qu'elles vendent aux annonceurs.

DIRECT
2
10
5
8
4

Comment travaillent les journalistes ?

L'INFORMATION ne tombe pas du ciel. Derrière ce mot se cache toute une industrie, composée d'entreprises de presse, d'agences de presse, d'imprimeurs, de diffuseurs, de techniciens, de milliers de petites mains qui œuvrent à la fabrication des journaux. Parmi ces professionnels de l'information, le journaliste joue un rôle important. Mais d'ailleurs, qui sont ces gens qui nous informent ? D'où viennent les journalistes ? Pourquoi choisissent-ils de parler d'un événement plutôt qu'un autre ? Sont-ils libres de parler de ce qu'ils veulent ? Souvent, les journalistes sont accusés par certaines personnalités politiques ou par certains citoyens d'être soumis au pouvoir, de mentir ou de cacher la vérité. Qu'en est-il ?

Les marronniers

POUR commencer à répondre à ces questions, il faut évoquer la question de la sociologie des journalistes, c'est-à-dire tenter de comprendre quelle est leur place dans la société, car les journalistes ne vivent pas dans des bulles. Selon leurs origines sociales, selon leurs parcours scolaires, selon la société dans laquelle ils vivent, ils intériorisent un certain nombre d'habitudes, de façons de s'exprimer et de croyances politiques, qui influencent leur façon de voir le monde.

L'homogénéité sociale des journalistes, c'est-à-dire le fait qu'ils sont issus en majorité des classes moyennes supérieures, explique aussi comment est créée l'information. Rappelez-vous l'analogie de Patrick Champagne avec l'observation qu'a fait Levi-Strauss des intérêts différents entre les indigènes et l'ethnologue.
La sociologie explique pourquoi les journalistes vont s'intéresser à un sujet plutôt qu'à un autre. Pour illustrer comment cet intérêt de classe se traduit dans l'information, l'association Acrimed s'est appuyée sur le traitement médiatique des « vacances de neige ». Chaque année, les vacances au ski font la une des journaux télévisés : on y apprend qu'il y a de la neige à la montagne, que la fondue est bonne aux pieds des pistes, que c'est agréable de faire du ski.

Mais au fait, le ski, ça concerne combien de personnes en France ? Qui a la chance de partir au ski chaque année ?

Les vacances au ski, en journalisme, on appelle ça un marronnier (un sujet qui revient tous les ans, comme les soldes, la rentrée…).
Les marronniers sont supposés être des sujets consensuels pour les téléspectateurs, mais une étude de l'observatoire des inégalités montre que les sports d'hiver ne concernent qu'une infime partie de la population française. Les deux tiers des Français ne partent jamais en vacances l'hiver (de début décembre à fin mars), selon le Crédoc. Moins d'un Français sur cinq (17 %) part au moins une fois tous les deux ans, un sur dix tous les ans. Seuls, 9 % des Français sont partis au ski en 2023. Parmi

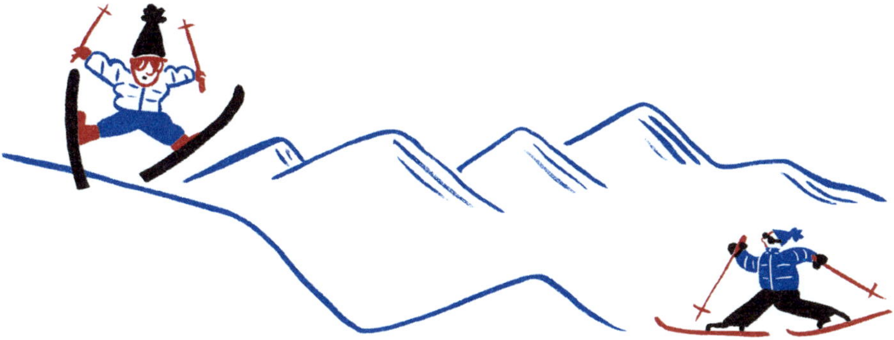

ces privilégiés, on compte 37 % de cadres et 6 % d'ouvriers et d'employés (tandis que les cadres représentent 17 % de la population active, les ouvriers plus de 20 % et les employés 28 %). Le traitement médiatique du sport d'hiver concerne donc particulièrement les cadres, dont les journalistes font partie, et illustre bien comment se traduit le journalisme de classe dans les médias.

Késaco

LES PIGISTES

Un journaliste peut être en poste et recevoir un salaire mensuel en travaillant pour une publication. Sinon, il est pigiste, c'est-à-dire qu'il n'est pas rattaché à une rédaction, mais qu'il écrit des articles pour des journaux différents. Un pigiste est rémunéré sous forme de salaire, proportionnellement à la taille de l'article. Pour gagner sa vie, il doit écrire de nombreux articles par mois. C'est un statut précaire, mais certains l'apprécient car ils se sentent plus libres et aiment travailler pour plusieurs titres.

Des salariés comme les autres

MAIS il ne faut pas non plus oublier que les journalistes sont des salariés, permanents ou non, qui travaillent pour des entreprises de presse. Selon leur place dans la hiérarchie, ils ont plus ou moins de marge de manœuvre sur leur liberté à parler ou non d'un sujet.

Le sociologue Pierre Bourdieu en convient, les journalistes ne sont pas tous identiques. Ils ne forment pas un bloc homogène. « Il y a des petits, des jeunes, des subversifs, des casse-pieds qui luttent désespérément pour introduire des petites différences dans cette énorme bouillie homogène. »

Pierre Bourdieu ne mâche pas ses mots quand il pose ce constat en 1995. Aujourd'hui, son analyse est toujours pertinente.

Certaines écoles de journalisme, comme l'ESJ à Lille ou le Centre de Formation des Journalistes (CFJ), une école prestigieuse, ont d'ailleurs bien conscience que le manque de diversité sociale dans la presse est un problème pour le pluralisme des informations. En 2018, le Centre de Formation des Journalistes a modifié son concours dans l'espoir de recruter des jeunes issus des classes populaires et des classes moyennes et/ou ayant un parcours scolaire atypique.

Les journalistes ont leurs sources

AUJOURD'HUI, les journalistes ne manquent pas de sources d'information. Toute la journée, ils reçoivent un flux continu d'information, qui arrive par les agences de presse via des dépêches, mais aussi par leur réseau de contacts, les institutions et les entreprises.

Les agences de presse (comme l'AFP ou Reuters) envoient des dépêches (information factuelle et synthétique), écrites grâce aux informations recueillies par des correspondants basés aux quatre coins du monde. Situés au plus près du terrain, ils recueillent des informations sur différentes thématiques (politique, sport, culture, économie, géopolitique…) concernant le pays ou la région où ils vivent.

Certains journalistes travaillent pour des agences et d'autres pour des journaux. Les premiers informent les seconds. Ils font un travail similaire, même si en agence ils écrivent des dépêches et non pas des articles.

Il y a plusieurs agences de presse dans le monde : l'AFP (Agence France Presse), Reuters (une agence anglaise), AP (Associated press, américaine), l'agence Anadolu (Turquie)...

Pour être capable de s'informer, les journalistes reçoivent des e-mails, des coups de téléphone de la part des institutions (par exemple la préfecture, les pompiers, une association comme le Secours populaire...). Ils vont chercher des informations sur le terrain, en couvrant un procès, en allant à un match de football, en allant à une manifestation...

Ils reçoivent aussi des communiqués de presse. Ce sont des informations, qui mettent en avant une institution ou une entreprise : les activités du ministère de la Transition écologique, d'une organisation humanitaire ou de Nike, Apple, ou Coca-Cola... Toute la journée, les journalistes reçoivent un flux d'informations venues de la terre entière, qu'ils doivent sélectionner, trier, analyser et mettre en forme : un article dans le journal, un reportage vidéo ou radiophonique, etc.

Késaco

L'AFP

L'AFP est créé en 1944, à la fin de la Seconde Guerre mondiale. Elle est basée à Paris. L'AFP couvre 150 pays, grâce à 200 bureaux, 50 correspondants locaux et cinq centres régionaux : Washington (Amérique du Nord), Hong Kong (Asie-Pacifique), Montevideo (Amérique latine), Nicosie (Moyen-Orient) et Paris (Europe et Afrique).

L'AFP déclare employer plus de 2 600 journalistes de 100 nationalités différentes. Elle informe en six langues (français, anglais, espagnol, allemand, portugais et arabe), 24 heures sur 24.

LES PRIX DU JOURNALISME

Il existe plusieurs prix qui distinguent le travail des journalistes. Les plus célèbres sont le prix Albert Londres et le prix Pulitzer.

Le prix Albert Londres est créé en 1932, année de la mort du journaliste du même nom. Il couronne chaque année les meilleurs « Grands Reporters » francophones, dans plusieurs catégorie : presse écrite, livre et audiovisuel.

Le prix Pulitzer est un prix américain créé en 1904. Il est remis chaque année dans les catégories : journalisme, littérature, fiction et musique. Les textes proposés, en ligne ou sur papier, doivent provenir de journaux ou d'organisations d'information des États-Unis, publiant au moins une fois par semaine. Ils doivent en plus avoir pour objet principal l'actualité et adhérer « aux plus hauts principes journalistiques ». Le prix Pulitzer a récompensé des journalistes dont le travail est aujourd'hui entré dans l'histoire, comme celui de Carl Bernstein et Bob Woodward qui l'ont reçu en 1973 (*Washington Post*). Leur couverture de l'affaire du Watergate a été adaptée au cinéma dans le film *Les Hommes du président*.

La série *The Newsroom* suit le quotidien d'une équipe de journalistes qui travaillent pour l'émission *News Night*, diffusée sur une chaîne d'information en continu. Dans le premier épisode de la série, Neal, un jeune journaliste un peu geek, reçoit une alerte d'une agence de presse informant d'un incendie et d'une explosion sur la plateforme pétrolière Deepwater Horizon, dans le golfe du Mexique. Neal prend tout de suite la mesure de la gravité de l'événement et du désastre écologique qui s'annonce. Il insiste pour que cette information fasse l'ouverture de l'émission le soir même. C'est grâce à sa grande culture scientifique que Neal prend conscience de l'importance de l'information.

Le 11 octobre 2019, l'AFP a annoncé, à tort, l'arrestation de Xavier Dupont de Ligonnès (suspecté d'avoir tué son épouse et ses quatre enfants, en avril 2011 à Nantes) à l'aéroport de Glasgow en Écosse. Le lendemain matin, tous les journaux (à l'exception de La Provence qui émet une réserve sur l'arrestation) ont annoncé en une l'arrestation de cet homme recherché depuis 2011.

Pour éviter une telle erreur, il aurait fallu faire une enquête de terrain et attendre les résultats de l'analyse ADN. Au lieu de cela, les journalistes se sont basés seulement sur les sources policières, mais les policiers avaient tous la même information erronée et s'intoxiquaient donc entre eux. Ce jour-là, la course à l'audience et la concurrence ont eu raison de la rigueur journalistique.

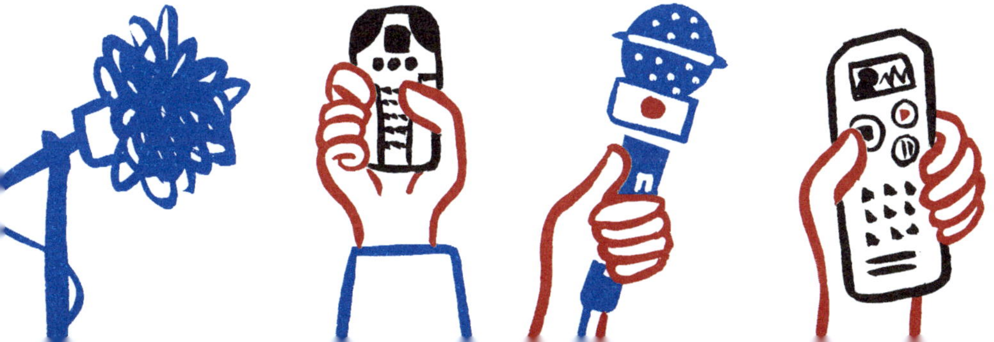

Les communiqués de presse

LORSQUE le président de la République prévient la presse qu'il ira visiter une usine **ou rencontrer un homologue à l'étranger ou à la Préfecture de police,** ou encore une ONG (organisation non gouvernementale), il envoie un communiqué de presse. Même chose quand une ONG comme Amnesty International mène des enquêtes sur le respect des droits de l'Homme dans des pays et diffuse des rapports que les journalistes peuvent lire et analyser pour leurs articles.

Les journalistes doivent toujours vérifier les informations que les institutions leur donnent car parfois, elles peuvent se tromper, mentir, minimiser un événement, dissimuler une information…

Le 1er mai 2019, le ministre de l'Intérieur, Christophe Castaner, affirme que des manifestants ont attaqué l'Hôpital de la Salpêtrière à Paris. L'information est rapidement reprise par les médias. Sauf que l'information est fausse ! Les témoignages des soignants présents au moment de faits contredisent la parole du Premier ministre, ces derniers affirment que les manifestants ont tenté de se réfugier dans l'hôpital à cause du gaz lacrymogène (un gaz qui rend la respiration difficile et pique les yeux) lancé par la police pour disperser les manifestants. « C'est le côté « parole sacrée » de l'État, on ne peut pas, même en tant que média, on ne peut pas ne pas croire ce que dit le ministre » justifiait un journaliste de France Info le lendemain. Mais pour un journaliste, aucune parole ne doit être sacrée, mais toujours vérifiée. Ces paroles d'hommes politiques sont souvent traitées non comme de simples allégations, mais comme des faits crédibles et établis.

Il arrive donc que les médias ou les institutions qui communiquent auprès des journalistes, se trompent ou mentent. C'est le rôle des journalistes de vérifier les informations qui leur sont envoyées. On appelle ce travail de vérification le recoupement de l'information. Il s'agit de trouver des témoignages, des preuves, des documents… toutes sortes d'informations complémentaires qui permettent de valider ou non la version donnée par les institutions.

Journalistes d'immersion

POUR enquêter et obtenir des informations, les journalistes ne se contentent pas de lire des rapports sur Internet, des communiqués de presse et des dépêches de l'AFP. Ils font aussi un travail de terrain et d'enquête, à condition que leur journal leur donne les moyens matériels et économiques ainsi que le temps de le faire. C'est de plus en plus rare.

En 2008, en pleine crise économique, la journaliste Florence Aubenas est partie s'installer à Caen en Normandie où elle a travaillé pendant six mois comme femme de ménage. Son livre, intitulé *Le Quai de Ouistreham*, relate son immersion dans le quotidien d'une femme, presque la cinquantaine, sans qualification, à la recherche d'un

emploi, en pleine crise financière. « La crise. On ne parlait que de ça, mais sans savoir réellement qu'en dire, ni comment en prendre la mesure. On ne savait même pas où porter les yeux. Tout donnait l'impression d'un monde en train de s'écrouler. Et pourtant, autour de nous, les choses semblaient toujours à leur place, apparemment intouchées », écrit-elle.

Pour comprendre les conséquences de la crise financière et économique sur les travailleurs, Florence Aubenas s'est inscrite à Pôle emploi et a fini par décrocher des boulots comme agent de nettoyage. Dans son livre, elle raconte son quotidien, entre Pôle emploi et les quelques heures de ménage aux quatre coins du département, la précarité, la difficulté de boucler les fins de mois, de payer le dentiste, d'acheter de la viande, les plans promos que se soufflent les collègues sur le quai en attendant d'aller nettoyer les ferrys, et surtout les cadences intenables du nettoyage sur les bateaux. Grâce à son travail d'immersion, Florence Aubenas montre que la crise, les classes populaires la vivent dans leur chair.

Si l'immersion permet de rendre compte d'une réalité sociale, elle permet aussi d'accéder aux coulisses des entreprises, partis politiques ou institutions, qui n'aiment pas trop que les journalistes viennent mettre leur nez dans leur cuisine. Pour obtenir des informations que personne ne veut leur donner, les journalistes se font parfois passer pour une autre personne. C'est le cas des journalistes de *Cash Investigation*, une émission d'investigation présentée par Élise Lucet diffusée sur France 2. Ces journalistes doivent parfois infiltrer des entreprises afin de vérifier les informations que des témoins leur apportent.

Journalistes d'investigation

DANS le reportage *Travail : ton univers impitoyable*, diffusé le 27 septembre 2017, les journalistes enquêtent sur les conditions de travail dans l'entreprise de grande distribution Lidl et chez l'opérateur de téléphonie mobile Free, détenu par Xavier Niel, aussi actionnaire du groupe Le Monde. L'enquête a eu des conséquences pour Lidl car, après avoir vu le documentaire, certains employés se sont mis en grève pour protester contre leurs conditions de travail.

Pour enquêter sur les conditions de travail et les méthodes de management chez Lidl, un des journalistes de *Cash Investigation* s'est fait embaucher dans un entrepôt de l'entreprise. Il filme alors en caméra cachée son quotidien de « préparateur de commande » et ses collègues. Il démontre ainsi que le préparateur doit traiter 250 commandes par heure, soit un colis toutes les 14 secondes. Ce que dément la version de Lidl, selon laquelle un préparateur n'a pas d'objectif et de cadence à tenir en terme de nombre de commandes. Cet exemple permet de comprendre à quel point le travail de terrain et de vérification est important pour un journaliste et qu'un communiqué ou la déclaration d'un porte-parole d'une entreprise ou d'une institution ne suffit pas pour écrire un article.

Le film *Spotlight* retrace bien la façon dont se déroule une enquête journalistique. Le film raconte l'histoire d'une équipe de journalistes du *Boston Globe*, qui ont enquêté pendant 12 mois sur des suspicions d'abus sexuels au sein de l'Église Catholique, on suit les journalistes dans la progression de leur enquête. Ils épluchent les archives de l'Église, interrogent des victimes, mais aussi des prêtres accusés, accumulent les preuves. Leur enquête déclenche une vague de révélations dans le monde entier, comme un effet boule de neige. Ils recevront le prix Pulitzer pour ce travail.

Quand un journaliste fait un travail d'enquête de qualité reconnu par le public, il reçoit parfois des informations, des « tuyaux » qu'il doit également vérifier. Les journalistes du *Canard enchaîné*, par exemple, sont en général informés par des sources anonymes, proches du pouvoir ou travaillant dans le monde politique. Ce sont elles qui « tuyautent » les journalistes sur les petites « phrases » entendues dans les couloirs des ministères, des chambres parlementaires ou de l'Élysée.

Certaines informations sensibles sont aussi données aux journalistes par des citoyens, qu'on appelle les lanceurs d'alerte.

Késaco

LES LANCEURS D'ALERTE

Un lanceur d'alerte est un citoyen qui décide de briser le silence imposé par sa profession. Il pense que l'entreprise, l'institution ou le gouvernement pour lequel il travaille agit à l'encontre de l'intérêt public.

Irène Frachon, pneumologue du CHU de Brest, est par exemple connue pour avoir révélé au grand public les dangers du Mediator, un médicament contre le diabète produit par le laboratoire Servier.

L'Américain Edward Snowden, ancien agent de la CIA et de la NSA, a dévoilé en 2013 les détails de plusieurs programmes de surveillance de masse américains et britanniques. Accusé d'espionnage, de vol et d'utilisation illégale de biens gouvernementaux, il est aujourd'hui réfugié en Russie.

Késaco

LA DÉONTOLOGIE DU JOURNALISTE

La déontologie du journaliste est régie par la charte de Munich de 1971. Cette charte fixe un certain nombre de règles éthiques que doivent respecter les journalistes. Par exemple, un journaliste se doit de respecter la vérité, il ne doit pas divulguer ses sources, il s'interdit la calomnie, la diffamation, les accusations sans preuve et ne doit pas se faire passer pour une autre personne. Il ne doit pas confondre son métier avec celui de publicitaire ou de propagandiste. Il doit s'interdire le plagiat.

En France, l'ancien présentateur télé Patrick Poivre d'Arvor (PPDA) avait, en 1990, fait croire aux téléspectateurs qu'il avait interviewé en tête-à-tête Fidel Castro, ancien chef de l'État cubain. Les images étaient en fait extraites d'une conférence de presse que Fidel Castro avait donnée devant une centaine de journalistes. On appelle ce procédé malhonnête un bidonnage.

Hierarchiser l'info

UNE FOIS que le journaliste s'est informé, il doit en rendre compte au public. Il doit aussi décider de son importance, on appelle ça la hiérarchie de l'information.

La hiérarchie de l'information se décide en conférence de rédaction. Selon la fréquence de parution du journal ou de l'émission (quotidien, hebdomadaire, mensuel), les journalistes et le rédacteur en chef se réunissent une à plusieurs fois par semaine pour décider des sujets qu'ils veulent mettre en avant dans le journal, sur Internet ou à l'antenne et sous quelle forme ils veulent traiter le sujet. Ils construisent ainsi le chemin de fer, c'est-à-dire le squelette du journal et son programme : la chair du journal.

Après avoir discuté et décidé de l'importance du sujet (le sujet fera-t-il l'objet de la une ?, d'un long article au début du journal ou d'une courte synthèse à la fin ?), les journalistes et le rédacteur en chef décident du format et de l'angle de l'article.

Un angle est une manière d'aborder un thème. Par exemple, prenons les soldes, ce marronnier qui revient chaque année dans la presse. Les soldes, c'est un thème. Voici plusieurs angles possibles : « combien rapportent les soldes aux grands magasins ? », « quelles sont les conditions de travail des vendeurs et vendeuses pendant les soldes ? », « comment sont fabriqués les vêtements vendus pendant les soldes ? » « quelles sont les conséquences écologiques de la production de vêtements ? »… Voici plusieurs façons de traiter le sujet. En général, selon la ligne éditoriale du journal, les angles seront différents.

Il existe plusieurs formats pour traiter une information : reportage, interview (questions/réponses), portrait, enquête, brève (très court article d'un paragraphe), photographie… Ensuite, selon la difficulté du sujet il est décidé du temps accordé au journaliste pour réaliser son sujet. Un reportage pour l'émission *Cash Investigation* pourra demander entre six mois à un an d'enquête.

En revanche, réaliser une interview d'une femme politique ou d'un chanteur nécessite seulement deux à trois jours de travail, le temps de fixer le rendez-vous, de préparer les questions, de réaliser l'interview et ensuite de rédiger l'article.

Il y a même des sujets réalisés en quelques heures ou une après-midi, c'est particulièrement le cas à la télévision ou dans les quotidiens, où il faut aller très vite pour tenir la cadence de la parution ou de la diffusion.

1
2
3

Le travail de desk

AUJOURD'HUI, de nombreuses contraintes pèsent sur les journalistes, notamment des contraintes économiques. Faire une enquête pendant plusieurs mois coûte cher, et les journaux sont soumis aux impératifs de rentabilité par leur direction, c'est-à-dire au moins équilibrer les frais et les recettes. Les journalistes sont donc incités à travailler vite et, du coup, à bâcler parfois leur travail. La plupart des patrons de presse aimeraient faire de l'information une marchandise *low cost* et facile à consommer.

C'est déjà le cas sur les sites des chaînes d'information en continu (BFMTV, C-News, LCI) ou des radios (Europe 1, RTL), où des journalistes appelés deskeurs sont contraints d'écrire des articles à la chaîne pour tenir la cadence et surtout pour glaner une bonne place dans l'algorithme Google, l'enjeu étant d'apparaître en tête sur l'agrégateur Google Actualités et sur les réseaux sociaux.

Pour tenir le rythme de la course à la production de contenus, les journalistes deskeurs n'ont eu

d'autre choix que d'automatiser leurs tâches : bâtonnage des dépêches, copier-coller…

La presse en ligne (hors titres indépendants tels que *Mediapart*, *Les Jours*…) a ainsi la caractéristique d'être une accumulation de contenus largement copiés-collés et de photos volées sur Google Images. D'un site à l'autre, on retrouve la même information, les mêmes titres calibrés pour le référencement Google et la même absence de hiérarchisation de l'information.

Sur les sites d'infos en continu, l'automatisation de l'écriture est telle qu'on pourrait remplacer les journalistes par des robots. Des robots sont déjà capables de rédiger des articles et, ironie de l'histoire, leur production apparaît comme plus fiable que celle d'un.e journaliste en chair et en os. En 2013, un chercheur de l'université de Karlstad en Suède, Chris Clerwall, a demandé à un groupe d'étudiants de juger de la qualité d'articles écrits par des logiciels et par des journalistes. Résultat : les étudiants n'ont pas su identifier la source et les articles écrits par des robots ont été jugés plus « objectifs » et « dignes de confiance ». À l'Université de Munich en Allemagne, Andreas Graef a reproduit l'expérience. Différents sujets, même résultat : « Les sujets évaluent les articles écrits par des robots comme plus crédibles et meilleurs en termes d'expertise journalistique que les articles rédigés par les humains. »

un robot plus fiable ?

FACE à une scène spectaculaire, n'importe quel citoyen peut désormais dégainer son téléphone portable pour saisir le moment et le poster sur Snapchat, ou encore commenter sur sa chaîne YouTube ou sur les réseaux sociaux le dernier film qu'il a vu au cinéma. Alors, si aujourd'hui n'importe quel citoyen peut avoir son propre média et diffuser des informations, si des robots sont capables d'écrire des articles qui apparaissent plus fiables que ceux écrits par des humains, on est en droit de se demander si le journaliste a encore un rôle à jouer. Pour résister à cette tendance de l'information *low cost* et se démarquer de cette production foisonnante d'actus, des journalistes tentent de résister, en inventant de nouvelles formes, en créant des médias alternatifs, en prenant le temps d'approfondir leur sujet et d'apporter une analyse sur l'actualité.

Car si les robots peuvent écrire des articles, en se basant sur des articles et documents déjà présents sur la toile, ils sont incapables de produire une information originale.

On a encore besoin des journalistes, pour enquêter, pour décrypter la société dans laquelle nous vivons, pour faire le tri dans les choses qui arrivent dans le monde en permanence.

Nous avons surtout besoin que les journalistes aient les moyens de faire leur travail, en toute indépendance. Car si le métier de journaliste, tel qu'il est pratiqué aujourd'hui dans de nombreuses rédactions, et notamment sur le web, consiste à copier-coller des dépêches AFP, alors il sera remplacé par des robots. Mais si le métier de journaliste consiste à dévoiler ce que cachent les hommes politiques ou les multinationales, à porter un regard critique sur l'actualité et les événements, à nous aider à forger une pensée critique et libre, alors nous avons encore besoin des journalistes, et surtout du journalisme. Mais ce journalisme est mis en danger.

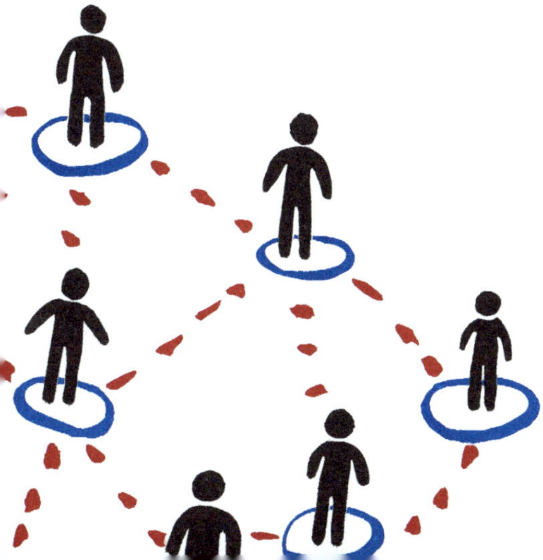

L'information est-elle libre ?

L'INDÉPENDANCE de la presse est une question compliquée. Indépendance par rapport à quoi d'abord ? À l'État, à l'audience, aux partis politiques, aux industriels ? On appelle « presse indépendante » la presse financée avant tout par les lecteurs et les abonnés. C'est une exception. En 2022 en France, 80 % de la presse est détenue par 9 milliardaires et propriétaires de grands groupes industriels. Mais quel intérêt peuvent-ils bien trouver à cette activité si peu rentable qu'est la production de l'information ?

faire passer des idées

« L'HOMME d'affaires voit dans un journal un placement de capitaux dont les intérêts lui sont payés en influence, en plaisirs, et quelquefois en argent », écrivait Honoré de Balzac en 1843. Aujourd'hui encore, les industriels voient dans les journaux des outils d'influence, auprès des politiques, mais aussi auprès du public.

« On continue à acquérir des journaux car la presse nous permet de faire passer nos idées », est-il expliqué aux nouvelles recrues du Crédit Mutuel, qui possède le groupe de presse Ebra (*Les Dernières Nouvelles d'Alsace, L'Alsace, Le Progrès, Le Dauphiné libéré, Le Républicain lorrain*…). Ainsi, pendant l'été 2012, la publication simultanée dans tous les journaux du groupe d'un reportage mettant en avant une action humanitaire de la banque à Haïti sans la mention publi-reportage (reportage publicitaire) avait suscité l'indignation du SNJ (syndicat national des journalistes affilié à Solidaires). En mars 2013, rebelote avec la publication d'un article vantant les performances de la banque dans tous les journaux du groupe.

Les milliardaires font leur shopping

EN FRANCE, à qui appartiennent donc les médias ? Hors service public, c'est-à-dire France Télévision (France 2, France 3, France 5), Radio France (France Inter, France Culture, France Info, Mouv', France Musique), France Média Monde (RFI, France 24) et Arte France, les grands médias français sont détenus en majorité par des industriels qui ont bâti leur empire sur des secteurs aussi variés que les télécoms (Patrick Drahi, Xavier Niel, Bouygues), le luxe (François Pinault, Bernard Arnault), l'armement (Arnaud Lagardère, famille Dassault), les BTP (Bouygues) et les banques (Crédit Mutuel, Crédit Agricole).

Depuis 2016, *Le Monde diplomatique* et Acrimed recensent les propriétaires de presse sur une carte intitulée « Médias français : qui possède quoi ». Quels intérêts peuvent bien trouver ces industriels à cette activité si peu rentable qu'est la production de l'information ?

Les médias s'avèrent être de précieux outils d'influence auprès de la classe politique. Jusqu'en juillet 2024, le patron de SFR, Patrick Drahi, détenait NextRadioTV (BFMTV, RMC, etc) via Altice Médias, ce qui lui garantissait l'oreille attentive des politiques et un levier d'influence et de pression non négligeable.

Comme le secteur des télécoms dépend beaucoup des autorisations de l'État, Patrick Drahi avait tout intérêt à avoir de bons rapports avec les politiques. En juillet 2024, Rodolphe Saadé, industriel franco-libanais propriétaire du groupe de fret maritime CMA CGM, a racheté NetRadioTV, devenant un nouveau magnat de la presse en France. Patrick Drahi reste propriétaire de *Libération*, via la fondation de dotation pour une presse indépendante.

Leur concurrent Xavier Niel a aussi bien compris l'intérêt de posséder des médias pour préserver son industrie télécom. Malgré ses envolées lyriques sur la presse (« Il faut qu'une presse libre, analytique et réflexive puisse exister. Une démocratie ne peut survivre sans journalisme de qualité »), le tycoon n'est pas moins intéressé quand il investit dans les médias. En acquérant *Le Monde* en 2010, aux côtés de Pierre Bergé et Matthieu Pigasse, l'entrepreneur s'achète lui aussi un outil d'influence pour peser auprès de l'État, dont il dépend pour faire fonctionner son industrie télécom. N'ayant pas complètement déployé son infrastructure réseau, Xavier Niel reste dépendant du réseau d'Orange, dont l'État est l'actionnaire majoritaire.

money, money

POUR ces patrons de presse, la qualité de l'information n'est pas la priorité. Ils ne jurent que par la rentabilité, le graal de la convergence, « une stratégie dans l'air du temps qui consiste pour les grands industriels à posséder à la fois les contenus (l'information, mais aussi des événements sportifs ou musicaux, la production de films, de jeux, etc.) et le canal pour le distribuer (journaux, télécoms, chaînes de télé, service de vidéo à la demande). L'ambition étant de régner sur le marché, en proposant une offre complète de services ».

Cette logique de concentration des médias et de convergence des contenus se retrouve aux quatre coins de la planète. Le Québec aussi connaît une concentration inquiétante des médias. La majorité des titres est concentrée dans les mains de quelques groupes comme Quebecor, Gesca, Astral et Cogeco. Quebecor et Gesca contrôlent environ 70 % des tirages de quotidiens au Québec. *Le Devoir*, unique journal indépendant, représente seulement 3 % de ce marché. Concernant la télévision, l'opérateur de téléphonie mobile Bell, qui a fusionné avec Astral, contrôle 40 % de la télévision francophone.

Là encore, la stratégie de la convergence est fièrement revendiquée, le mot d'ordre de Bell étant les trois C : *connectivity*, *content*, *and commerce* (connexion, contenus et commerce).

De l'autre côté de l'Atlantique, c'est aussi la stratégie qu'applique Patrick Drahi, notamment avec l'offre SFR Presse qui offre aux abonnés SFR l'accès à un certain nombre de médias, dont ceux qui appartiennent à Patrick Drahi. La boucle est bouclée…

Installer des empires médiatiques qui régneraient sur le monde, touchant les populations aux quatre coins de la planète, tel est le rêve de ces nouveaux patrons de presse.

Mais parlons aussi des anciens : Arnaud Lagardère, Bernard Arnault, Martin Bouygues… car l'achat de médias par des industriels a déjà une très très longue histoire.

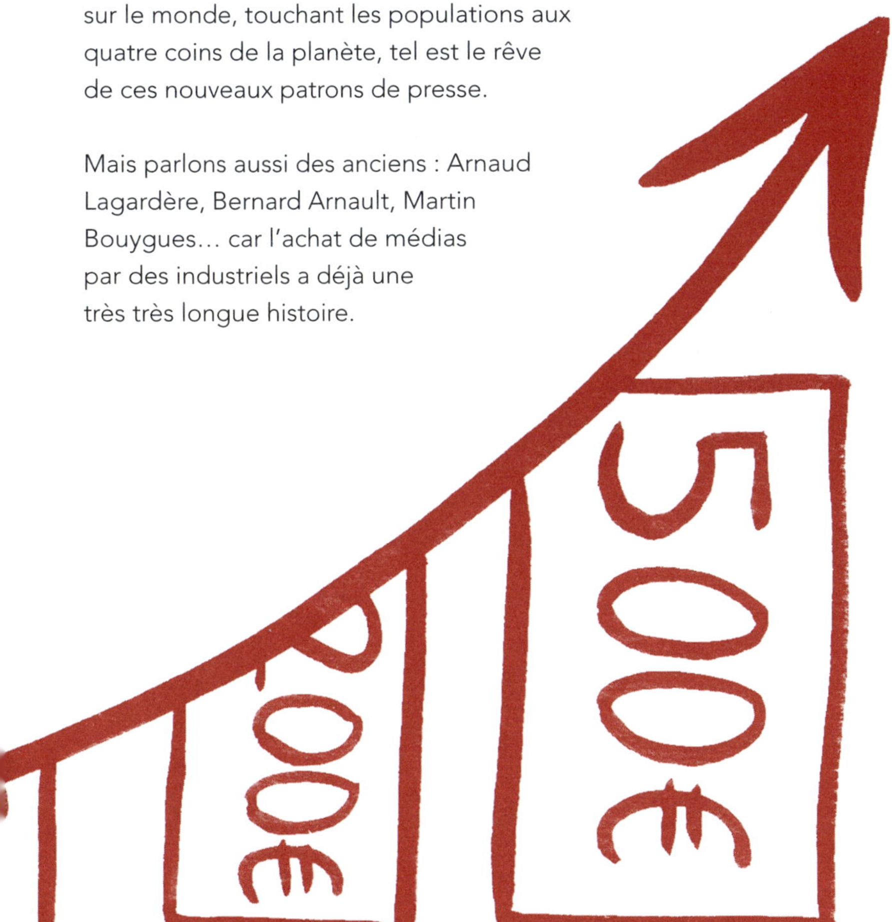

Les nouveaux censeurs…

COMME les actionnaires de ces groupes ont de gros intérêts industriels, il ne faut pas que les journalistes mettent en danger leur commerce. Cela entraîne donc des censures dans les médias qui appartiennent à ces milliardaires, mais aussi, et surtout, l'autocensure des journalistes eux-mêmes.

Bernard Arnault, à la tête de LVMH et des journaux *Les Échos* et *Le Parisien*, avait interdit les journalistes de parler du film *Merci Patron !*

Dans ce documentaire, le réalisateur François Ruffin oblige Bernard Arnault à dédommager la famille Klur. En effet, le couple Klur travaillait pour l'entreprise Ecce, un sous-traitant qui fabrique des costumes pour LVMH. Le couple Klur a perdu son travail quand Ecce a été délocalisé en Pologne. Le film *Merci Patron !* dénonce cette situation et oblige Bernard Arnault à leur verser des indemnités et à leur retrouver un travail. Le film rencontre un franc succès, participe en partie à la mobilisation autour du mouvement Nuit Debout… mais ne fait l'objet d'aucun traitement dans les médias détenus par Bernard Arnault. Ironie du sort : seule une dépêche de l'AFP reprise automatiquement sur le site du Parisien fait fi de la censure. Comme quoi, la robotisation de la production d'information peut parfois servir la liberté de l'information !

Cette mainmise a de graves conséquences sur le droit d'être informé des citoyens.

Le groupe Canal + (Canal +, Cnews, C8…), qui appartient à Vincent Bolloré, a aussi connu plusieurs fois la censure. En mars 2015, Vincent Bolloré a interdit la diffusion d'une enquête sur le Crédit mutuel, soupçonné d'avoir organisé un vaste système d'évasion fiscale via ses filiales suisses et monégasques. Finalement, le documentaire sera diffusé sur France 3.

Vincent Bolloré fait encore parler de lui. En décembre 2017, Canal + est soupçonnée de faire sur son antenne la promotion du Togo, où le groupe Bolloré a réalisé d'importants investissements.

L'homme d'affaires ne se limite pas à ses propres médias quand il s'agit de défendre ses intérêts. Il attaque systématiquement les journalistes qui enquêtent sur ses activités industrielles, et perd systématiquement ses procès. Le groupe Bolloré et son partenaire commercial ; la holding luxembourgeoise Socfin ont lancé plus d'une vingtaine de procédures en diffamation ces dernières années, notamment contre Basta Mag et France 2. Ces derniers ont été relaxés en 2018. On appelle ce type de procès des procès-bâillon, il s'agit pour l'industriel d'intimider et d'affaiblir financièrement les journaux, car un procès coûte cher en frais de justice.

L'accaparement des médias par des industriels et milliardaires est un phénomène mondial, comme l'a démontré Reporter sans frontières, une ONG qui veille à la liberté d'expression et d'information à travers le monde. On retrouve ce phénomène dans les grandes démocraties comme aux États-Unis où le propriétaire d'Amazon, Jeff Bezos, a racheté le prestigieux *Washington Post* en 2013. L'homme d'affaires John Henry a quant à lui racheté le *Boston Globe* pour 70 millions de dollars.

Aux États-Unis, seulement six conglomérats contrôlent 90 % des médias : Comcast, Walt Disney, News Corporation, Time Warner, Viacom et CBS…

Et l'on retrouve aussi ce phénomène dans les dictatures.

...et les dictateurs !

EN TURQUIE, en Chine, en Arabie saoudite, les dictatures peuvent aussi compter sur les hommes d'affaires. Parfois, le gouvernement n'a même pas besoin d'intervenir pour bâillonner les journalistes critiques, les patrons de presse s'en chargent très bien. Pratique, non ?

Prenons la Chine par exemple. Jack Ma, dirigeant d'Alibaba (l'équivalent chinois d'Amazon), s'est acheté le *South China Morning Post* de Hong Kong, « fleuron de la presse libre », selon le rapport RSF. Le patron de la plateforme de e-commerce n'a pas hésité à mettre la main à la poche et a déboursé 266 millions de dollars, soit deux fois plus que la valeur estimée du journal. Preuve pour RSF que ce n'est pas seulement la logique économique qui motive ces entrepreneurs mais bien le pouvoir.

En Turquie, les grands médias sont aussi tombés dans les mains d'hommes d'affaires actifs dans des secteurs stratégiques du pays tels que les télécommunications, le secteur bancaire et les BTP.

Les propriétaires des médias turcs qui soutiennent la politique du gouvernement de Recep Tayyip Erdoğan peuvent compter en retour sur des attributions de marchés publics, des licences d'exploitation, de la publicité, voire certaines indulgences fiscales.

La Turquie est également célèbre pour être la plus grande prison du monde pour les journalistes : environ 150 journalistes y sont prisonniers.

En Inde, en Russie, en Europe (Italie, Grèce, Angleterre, Hongrie…) dans les Émirats arabes, en Afrique… cette frénésie du shopping médiatique par les industriels et les milliardaires touche de nombreux pays.

Les pièges du gratuit

LA PUBLICITÉ entre aussi souvent en conflit avec la liberté de l'information. En général, les sites entièrement gratuits comme Konbini ou Melty sont financés par la publicité. De rares exceptions existent cependant, comme le site d'enquête sociale et écologique Bastamag ou le site de critique des médias Acrimed, qui sont financés par une communauté de donateurs. Ces sites font régulièrement des appels aux dons pour continuer à fonctionner.

Sauf pour ces exceptions, le modèle économique des sites gratuits repose sur la vente de contenus sponsorisés et d'espaces publicitaires à des marques.

Pour les dirigeants de ces médias, le lecteur est avant tout une cible marketing et non un citoyen à informer. Et ce n'est pas nouveau ! En 2004, Patrick Le Lay, alors PDG de TF1, avait confié à des journalistes que la chaîne vendait « à Coca-Cola, du temps de cerveau humain disponible ».

Aujourd'hui, les nouveaux patrons de presse continuent à vendre à Coca-Cola « du temps de cerveau disponible ». Le site Konbini, par exemple, prétend faire de l'information accessible gratuitement. Mais ce n'est pas vraiment gratuit puisque Coca-Cola et d'autres marques paient pour que Konbini publie des contenus sponsorisés, de la publicité déguisée en article.

Ainsi, la rubrique dédiée à l'actualité de la photographie,

« Si c'est gratuit, c'est vous le produit »

Cheese, est financée par Orange et celle spécialisée dans l'actualité du foot, Football Stories, par Coca-Cola. Évidemment, cela entraîne de la censure, ou plus précisément de l'auto-censure. « Il y a des contraintes éditoriales imposées par les marques. Par exemple, concernant la coupe du monde de football au Qatar, on voulait faire un article sur les conditions de travail sur les chantiers. La rédactrice en chef a refusé, parce que Coca n'aurait pas accepté un tel sujet », avait témoigné un rédacteur.

Sur ces sites, l'information qui est diffusée doit être positive (c'est-à-dire parler des marques de manière positive, quitte à faire l'impasse sur des informations), légères et divertissantes.

On appelle cela l'info-divertissement.

Pas n'importe quelle pub

MAIS ces sites ne sont pas les seuls à recourir à la publicité pour se financer. Dans les journaux papiers, on trouve aussi de la publicité, soit de manière classique, des encarts publicitaires payés par des annonceurs à côté des articles, soit des publi-reportages, c'est-à-dire des publicités qui ressemblent à des articles.

Il arrive que la publicité entraîne des censures. En 2011, un article de cinq pages sur la collaboration de Louis Vuitton pendant la Seconde Guerre mondiale est censuré dans *Géo Histoire*, un titre qui appartient à Prisma, un groupe de presse basé à Paris. L'enquête rappelle que la maison de luxe avait fabriqué 2 500 bustes officiels du maréchal Pétain et que le frère du dirigeant, Gaston Vuitton, avait été décoré par les nazis. LVMH n'a même pas eu besoin d'intervenir pour empêcher la diffusion de ce papier, son poids d'annonceur (LVMH est le premier annonceur pour la presse française) a suffi.

Heureusement, ce genre de censure n'arrive pas tous les jours. Mais même si cela arrive une fois, c'est très grave. Plus le financement d'un média dépend de la publicité, plus ses marges de manœuvre sont limitées et le risque de censure augmente.

Késaco

LA PUBLICITÉ DANS LA PRESSE

Déjà au XIXe siècle, on s'écharpait âprement sur l'entrée des annonces et réclames dans les journaux.

Émile de Girardin fonde *La Presse*, qui paraît pour la première fois le 1er juillet 1836. Il a l'idée d'introduire massivement de la publicité dans son journal pour fabriquer un quotidien bon marché. Émile de Girardin baisse ainsi le prix de l'abonnement et touche un plus large lectorat.

La Presse rencontre alors un grand succès, et suscite la colère des concurrents et notamment d'Armand Carrel, le fondateur du *National*, qui accuse Émile de Girardin de concurrence déloyale. La discorde se termine par un duel, qui oppose Émile de Girardin et Armand Carrel le 21 juillet 1836. Tous deux sont touchés par les coups de feu, mais Carrel succombe à sa blessure deux jours plus tard.

Preuve que la publicité dans la presse suscitait déjà à l'époque des débats passionnés !

indépendance ?

EN 2024, la France arrive 21e sur le classement mondial de la liberté de la presse dans le monde, établi par Reporters sans frontières. Certes, contrairement à d'autres pays, comme la Turquie ou la Russie, un journaliste ne risque pas la prison ou la mort pour avoir exercé son métier, mais il n'en reste pas moins que cette liberté reste contrainte, du fait notamment de la mainmise des actionnaires et des pressions économiques.

« La France est entrée dans une campagne électorale où passions et tensions s'exacerbent. Nous, sociétés de journalistes et sociétés de rédacteurs, déplorons la manière dont plusieurs de nos confrères ont été traités récemment par des militants ou des équipes de candidats : menaces, agressions, exclusions d'événements de campagne… » dénonçaient des sociétés de journalistes et des directeurs de rédaction dans une tribune publiée sur le site du Monde, pendant la campagne présidentielle 2022.

À cela s'ajoutent les contraintes que nous avons vues précédemment. C'est pour cela qu'il faut s'interroger sur la notion de liberté et d'indépendance de la presse. De quoi parle-t-on quand on parle d'indépendance ? Comment libérer les journalistes de ces contraintes ?

On pourrait définir un média indépendant comme étant sans pub et financé avant tout par les lecteurs et les citoyens. En France, on peut citer : *Médiapart, L'Humanité, La revue dessinée, Le Canard enchaîné, Blast, Le Média, Les Jours, Topo, Le 1* et dans une certaine mesure, *le Monde diplomatique* (qui est détenu à 51 % par le groupe Le Monde, mais dont le nombre conséquent d'abonnés garantit la liberté éditoriale du titre par rapport à l'actionnaire).

Késaco

CEUX QUI RÉSISTENT

Pour résister aux pressions et menaces qui pèsent sur la liberté de la presse, journalistes et citoyens s'organisent. Le collectif Informer n'est pas un délit a par exemple été formé en janvier 2015 pour lutter contre la directive européenne portant sur le secret des affaires. Il lutte par ailleurs contre la mainmise de quelques industriels sur les médias.

Pour mener à bien les enquêtes des journalistes menacés ou assassinés, il existe le réseau Freedom voices network. Fondé en 2018, ce réseau est soutenu et financé par Reporters sans frontières. Il s'inspire d'initiatives antérieures : « En 1976, alors qu'il enquêtait sur une affaire de corruption, Don Bolles, un journaliste américain, a péri dans l'explosion de sa voiture. Après son assassinat, 38 journalistes de 28 médias ont mis sur pied *The Arizona Project*, afin de reprendre son enquête et d'en publier les conclusions. *Forbidden Stories*, créé en 2015 après les attentats contre Charlie Hebdo, s'inscrit dans la même philosophie. Ce réseau a par exemple continué le travail de la journaliste maltaise Daphné Caruana Galizia, assassinée en 2017 en raison de ses enquêtes et révélations sur la corruption dans son pays.

L'objectivité est-elle possible ?

EN FRANCE, à la fin des années 2000, des rubriques de fact-checking sont apparues dans des journaux et des émissions françaises. Laurent Bigot, maître de conférences à l'école de journalisme de Tours, donne cette définition du fact-checking : « Le fact-checking, tel qu'il se présente de nos jours dans de nombreux médias en France — et partout dans le monde —, est une pratique journalistique qui consiste à vérifier la véracité de propos tenus par des responsables politiques ou d'autres personnalités publiques. »

le fact-checking d'aujourd'hui

EN 2008, une journaliste de *Libération* crée un blog intitulé « Désintox » sur le site Internet du journal. Le projet se définit comme une rubrique de fact-checking « aux basques des intox en tous genres qui polluent le débat public ». Face au succès rencontré, le blog devient une rubrique à part entière et intègre les colonnes du journal. En 2012, Désintox arrive à la télévision, dans l'émission *28 minutes*, diffusée sur la chaîne Arte.

En 2009 apparaît aussi les Décodeurs. À l'origine simple blog sur le site du *Monde*, il devient une rubrique du site en 2014, dont le slogan est « Venez-en aux faits », et lance en 2017 l'outil Décodex qui vise à mesurer la fiabilité des sites web.

L'outil fait polémique, car Le Décodex attribue des couleurs selon la fiabilité des sites, mais *Le Monde* n'étant pas un organe indépendant, il est à la fois juge et parti. *Le Monde* n'est pas neutre.

Le fact-checking moderne soulève de nombreuses questions et rencontre ce paradoxe. Ces médias qui mettent en vitrine le fact-checking sont en effet exposés à la publication d'infos non vérifiées et donc parfois fausses.

Ces erreurs que commettent les médias ont plusieurs causes : courses à l'audience (les journaux veulent être les premiers à sortir l'info mais l'urgence n'est pas toujours compatible avec la rigueur et la vérification), concurrence mimétique (si le voisin a traité une info, il faut le faire aussi), réduction des effectifs, prédominance des sources officielles (un communiqué officiel, par exemple de la Préfecture ou du Gouvernement sont souvent repris comme étant fiables). En 2018, *Le Monde* s'est fait avoir par une communication fausse du gouvernement ukrainien. Le 29 mai, le journal annonce en une la mort du journaliste russe Arkadi Babtchenko alors qu'il s'agissait d'une mise en scène. Mais attention, *Le Monde* n'a pas essayé de manipuler, son erreur est sincère. Simplement, les journalistes auraient dû demander plus de preuves et ne pas seulement se baser sur la parole d'un gouvernement pour publier leur article. Cette fois encore, c'est l'urgence et les logiques de concurrence entre les journaux qui ont entraîné cette erreur.

C'est bien là les limites du fact-checking contemporain. Si les grands médias fact-check (vérifient), c'est avant tout les propos des autres, et non leurs propres colonnes.

Il n'en a pas toujours été ainsi.

Les journalistes français et américains ne sont pas les seuls à s'emparer du fact-checking pour lutter contre les infox. Africa Check a été créé à Johannesburg en Afrique du Sud en 2012, à l'instigation de Peter Cunliffe-Jones, chef de bureau de l'AFP au Nigeria. C'est un organe indépendant, présent au Nigéria, au Kenya, au Sénégal et qui devrait ouvrir en Côte d'Ivoire.

Késaco

LE FACT-CHECKING (VÉRIFICATION DES FAITS)

En 1923, Briton Hadden et Henry Luce fondent le magazine *Time*. Ils sont les premiers à recruter des fact-checkeurs dédiés à la vérification exhaustive et systématique des contenus journalistiques (noms, dates, chiffres et faits) dans tous les articles.

Ces métiers vont disparaître des rédactions à la fin du XXe siècle, en pleine crise économiques des médias.

En 2003, suite aux fausses preuves d'armes de destruction massive en Irak diffusées dans la presse, et qui ont justifié l'invasion de l'Irak par l'armée américaine, une nouvelle forme de fact-checking apparaît sous la forme d'organes indépendants (FactCheck, Polifact). Il s'inspire d'une pratique américaine des années 1990 : le *ad watch journalism* qui consiste à mesurer la véracité des publicités politiques diffusées pendant les campagnes.

Autre inspiration : le *ruth-squading*. Sous le mandat du président américain Ronald Reagan (1981-1989), les journalistes ajoutent des encadrés de vérification en marge des comptes-rendus des conférences de presse de la Maison Blanche.

enquête de vérité

DANS cette « guerre » menée au nom de la vérité, contre les mensonges politiques, les rumeurs et les fake news, c'est sûrement *Le Monde* qui est allé le plus loin, en lançant en janvier 2017 Les Décodex. Cet outil se base sur un algorithme et des données remplies par les journalistes du *Monde*, et prend la forme d'un plug-in (un logiciel) qui s'installe directement sur le navigateur Internet.

Pour accompagner le lancement du Décodex, un petit article de présentation est publié sur la rubrique des Décodeurs, où est pris soin de définir les critères qui caractérisent une information :

Intérêt pour le public

Factuelle

Vérifiée

Ces critères interrogent. Comment par exemple définir « l'intérêt pour le public » et de quel public parle-t-on ? Comment définir un fait, comment le séparer d'une analyse ou d'une opinion ? Jusqu'à quel point les journalistes peuvent-ils s'assurer de la « véracité d'un fait », de sa « vérité », quand depuis des milliers d'années, les philosophes se grattent la tête pour définir la « vérité » ?

C'est parce qu'il semble ignorer ses questions, et parce qu'il affirme tendre vers l'objectivité et la neutralité, que Le Décodex suscite une vive polémique.

Pour y répondre, le chef des Décodeurs et journaliste du *Monde* à l'origine du Décodex, Samuel Laurent publie un article en mars 2017 intitulé « À l'heure de la "post vérité" se battre pour des faits » pour expliquer la démarche et la motivation du Décodex.

Le journaliste définit ainsi ce qu'est un fait : « On peut toujours arguer de l'interprétation des faits, de leur sélection, etc. Il n'en reste pas moins que Donald Trump n'a pas gagné le vote populaire. Que rien ne permet de dire qu'il y a eu une fraude massive au vote en Californie. […] Que Najat Vallaud-Belkacem ne s'appelle pas en réalité Claudine Dupont. Qu'il n'y a pas 20 millions de musulmans en France. Les faits comptent. »

Plus facile à dire qu'à faire

ARRÊTONS-NOUS un instant sur cette liste de « faits ». Car ce paragraphe permet vraiment de comprendre les limites du fact-checking et la frontière poreuse entre fait, analyse et point de vue.

En effet, contrairement à ce qu'énonce Les Décodeurs, affirmer que « Donald Trump (Président des États-Unis élu en janvier 2017) n'a pas gagné le vote populaire » car il a eu quantitativement moins de votes que Hillary Clinton, ce n'est pas un « fait », c'est une analyse politique. Et que signifie le terme « populaire » ? Désigne-t-il la classe ouvrière ? la masse ? Sans contexte socio-économique, géographique ou historique, affirmer que « Donald Trump n'a pas gagné le vote populaire », c'est ne rien dire.

Dans cet exemple, Les Décodeurs s'engage en réalité sur le terrain glissant de l'analyse alors qu'il alors qu'il prétend énumérer des faits.

Et affirmer que « Najat Valaud-Belkacem (ministre de l'Éducation nationale, de l'Enseignement supérieur et de la Recherche entre 2014 et 2017 sous la présidence de François Hollande) ne s'appelle pas Claudine Dupont », c'est ce qu'on appelle une tautologie, c'est-à-dire un procédé rhétorique consistant à répéter la même idée en termes différents. C'est un raisonnement par l'absurde complètement vide, qui n'apporte aucune information.

Si établir des « faits » est relativement aisé quand il s'agit de sciences (la gravité est un fait scientifique, par exemple), l'affaire apparaît tout de suite plus corsée quand il s'agit de parler d'économie ou de projet politique.

Késaco

LES FAKE NEWS (INFOX)

La fake news est une information volontairement fausse. Il ne s'agit donc pas d'une erreur, mais d'un mensonge fabriqué dans l'intention de nuire, mais aussi de gagner de l'argent. Pendant la campagne du président américain Donald Trump, en 2016, les fake news ont inondé les réseaux sociaux. C'est du moins l'impression que donnent les chiffres, « Sur Facebook, les vingt infox les plus partagées lors de la campagne électorale qui a élu Donald Trump l'ont été 8 711 000 fois », rappelle le sociologue Dominique Cardon qui tempère : « cela représente 0,006 % des informations partagées sur Facebook aux États-Unis pendant la même période. »

Pour bien des observateurs, les fake news ont causé l'élection de Donald Trump, mais pour le sociologue, il faut rester prudent, car peu d'études ont démontré les effets des fake news sur leur lecteur, et jusqu'à présent leurs effets sont largement exagérés : les fake news ne suffisent pas à expliquer les choix électoraux et les mouvements politiques qui touchent la société. Bien sûr, il ne s'agit pas de dire que la désinformation n'est pas un problème et qu'elle n'a pas d'effet, mais seulement qu'il faut en mesurer précisément les effets. C'est le rôle des chercheurs en sociologie de la réception. Il en est de même pour les effets de la propagande. Il y a souvent une différence entre le message et la façon dont il est reçu.

Quelle efficacité ?

FACE à la crise de confiance que traversent les médias et face à la circulation des fake news, les médias se servent du fact-checking comme d'une vitrine. C'est un outil marketing, une marque de fabrique, pour redonner de la crédibilité et de la légitimité aux médias. Le fact-checking est parfois pratique, mais il a ses limites. Et surtout, cela ne change rien aux contraintes structurelles qui entraînent de temps à autre la diffusion de fausses informations ou d'erreurs par ces mêmes médias. Les fact-checkeurs pourraient s'apparenter à des marins sur un bateau qui prend l'eau et qui, au lieu de réparer les fuites, s'acharnent à vider l'eau avec des seaux. Une vaine entreprise en somme.

POUR FINIR

L'INFORMATION est un bien commun à défendre, qui concerne chacun d'entre nous. Ce que l'on peut faire, à notre échelle, c'est de soutenir la presse indépendante, en achetant ces journaux, en s'abonnant ou en faisant des dons de soutien. Parfois, un abonnement peut sembler cher. Mais en mettant 1 euros ou 50 centimes de côté chaque jour, ce budget permet déjà de s'abonner à au moins un journal.

Il existe aussi des associations de lecteurs qui soutiennent financièrement les journaux et organisent des rencontres avec les journalistes. Si un journal vous tient à cœur, vous pouvez vous renseigner sur l'existence de l'association de lecteurs.

Il est important d'apporter la question de l'indépendance des médias dans le débat public. Vous pouvez rencontrer des journalistes, débattre avec eux et parler de la réalité du métier.

Il faut réfléchir ensemble à des solutions pour libérer la presse. Des intellectuels et économistes se sont déjà emparés de la question. L'économiste Julia Cagé a inventé un statut d'entreprise de presse à but non lucratif. C'est-à-dire que le but des entreprises de presse ne devrait pas être de faire du profit pour enrichir des actionnaires, mais d'informer.

Le journaliste Pierre Rimbert, quant à lui, défend l'idée que la presse devrait être financée sur le même principe que notre système de santé, par des cotisations. Comme le droit à la santé et à l'éducation, les citoyens devraient avoir droit à une information libérée des logiques du marché. L'information n'est pas une marchandise, mais un bien commun qu'il faut protéger.

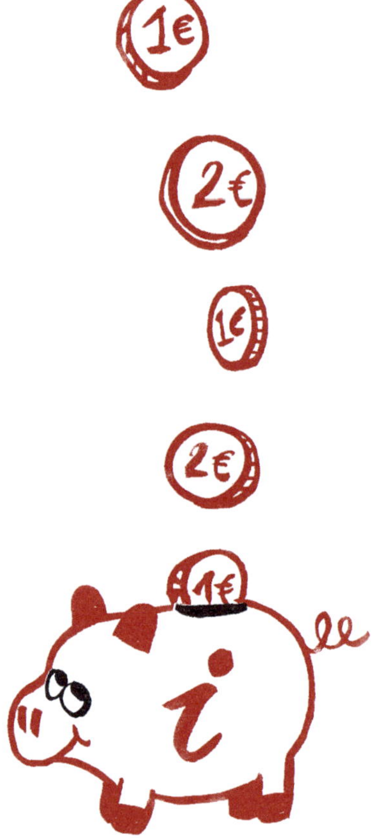

En France, ce n'est pas tout rose pour l'information. Neuf milliardaires possèdent la majorité des médias. La course à l'audience et à la rentabilité font baisser la qualité de l'information. Le manque de pluralisme sclérose le débat public…

Mais dans notre pays, la situation n'est pas toute noire non plus ! Les journalistes ne risquent pas leur vie pour pratiquer leur métier et ils peuvent critiquer le gouvernement sans finir en prison.

Il existe des îlots de résistance à la rentabilité : les médias indépendants. Les vieux de la vieille, comme *Le Canard enchaîné*. Les moins vieux : *Alternative économique*, *Politis*, *Fakir*... Puis des petits jeunes, qui ont profité d'Internet pour se développer : *Mediapart* est aujourd'hui reconnu pour son travail d'investigation de qualité et est bien installé dans le paysage médiatique.

Des solutions pérennes, comme le « projet pour une presse libre » développé dans les colonnes du *Monde diplomatique*, ou des entreprises de presse à but non lucratif, existent pour garantir la liberté de la presse et le droit des citoyens d'être informés. Il faudra se battre pour que ces solutions se concrétisent. Et le combat a déjà commencé.

Guide
de
l'apprenti.e
journaliste
...

AVEC le flot d'informations qui arrive par tous les côtés et tout le temps, il est normal de se sentir un peu noyé, d'avoir l'impression de ne rien retenir de ce qu'on lit, d'avoir des difficultés pour faire la part des choses dans ce tsunami d'infos. C'est normal. Pour ne pas se perdre et devenir un lecteur actif de l'information, il faut s'armer et se forger un esprit critique.

Un lecteur actif est un lecteur qui multiplie ses sources d'information, qui se pose plein de questions quand il lit un article ou regarde un reportage, qui connaît les trucs et astuces pour ne pas se faire piéger par des fake news et des photos trafiquées.

Avoir un esprit critique, c'est ne pas prendre tout ce qu'on lit pour argent comptant. C'est aussi s'interroger sur la crédibilité des sources et des preuves apportées, la façon dont est traitée l'information et sur l'auteur de l'information. Avoir un esprit critique, c'est important pour ne pas se faire manipuler.

1 Se forger un esprit critique

1. Se poser des questions

Quand on arrive sur un média, il est important de savoir où l'on a mis les pieds. En allant sur l'onglet « Qui sommes-nous », « à propos » ou « mentions légales », on peut en apprendre beaucoup sur le type de média (média d'information, site parodique, site d'un ONG ou d'un partie politique). Si le site n'a pas d'onglet, vous pouvez faire une recherche en ligne pour en savoir plus sur le média. Il est aussi important de connaître la ligne éditoriale. Chaque journal a une ligne éditoriale distincte, c'est un point de vue sur le monde. Par exemple, dans un match de foot, vous ne verrez pas le match de la même façon si vous êtes dans les tribunes, à la place de l'arbitre, dans les tribunes des VIP. La ligne éditoriale, c'est comme l'endroit dans le stade d'où le journaliste regarde le match.

Devant un article ou un reportage, il faut se poser plusieurs questions :

- Quelle est la ligne éditoriale du journal ?
- Dans quelle rubrique est rangé l'article (santé, international, opinion…) ?
- À quelle date a été publié l'article, la photo ou le reportage ?
- Quel est l'angle de l'article, c'est-à-dire la façon dont l'article est traité ?
- Qui en est l'auteur ?
- Combien de sources cite-t-il dans son article ?
- Combien de personnes a-t-il interviewé ?
- Quelles preuves apporte-t-il dans son article ?
- Sur quels documents se base-t-il ?

Si le journaliste n'apporte pas de preuves sur ce qu'il raconte ou n'a pas assez de sources (au moins deux sources indépendantes l'une de l'autre), il faut alors se méfier et faire plus de recherches.

2. Multiplier les sources d'info

Pour bien comprendre l'actualité et se forger sa propre opinion, il faut multiplier les sources d'information. En regardant seulement TF1, vous aurez une piètre opinion des jeunes qui vivent en banlieue, mais si vous ne lisez que le Bondy Blog, un site indépendant créé pour donner la parole aux habitants des banlieues, il vous sera difficile de connaître ce que vivent les agriculteurs et les petits commerçants dans les zones rurales.

Il existe d'ailleurs des médias indépendants qui s'adressent aux jeunes.

L'Alter-Ego est un service de presse en ligne « collaboratif et indépendant destiné à donner la parole aux jeunes de 15 à 25 ans dans leur diversité géographique et sociale ; leur pluralité d'idées ».

La Revue TOPO est une revue d'actualité, pour les moins de 20 ans, qui promeut le reportage en bande dessinée et se donne comme ambition de « donner des clés aux jeunes lecteurs ; nous leur proposons d'apprendre à décrypter l'actualité, à hiérarchiser les faits, les mettre en perspective... », avait expliqué Franck Bourgeron, directeur de la rédaction, à *Télérama*.

2 attention aux fake news!

1. Débusquer une fake news

Même les grands journalistes peuvent se tromper, il faut croiser avec d'autres journaux et regarder si les articles des autres journaux apportent des preuves complémentaires (d'autres interviews, d'autres documents, etc). Quand un article semble partial ou mensonger, c'est important d'approfondir les recherches. Attention, ce ne sont pas forcément les sites les plus fiables qui apparaissent en tête des résultats sur Google.

Il arrive souvent que des fausses informations se basent sur des photomontages ou des photos sorties de leur contexte.

Quand une photo semble suspecte, il faut se poser plusieurs questions :

- Quand a été prise la photo ?
- Par qui a-t-elle été prise ?
- Où se situe la prise de vue ?
- Dans quel contexte ?

L'architecture, le style de voiture, les plaques d'immatriculation, l'alphabet, le style vestimentaire, la flore… tous ces indices peuvent apporter un éclairage sur l'endroit où a été prise la photo.

En observant en détail l'image, on peut aussi s'apercevoir si elle a été manipulée ou non. Il faut observer les proportions, la perspective, les ombres et les lumières, les couleurs… si un détail est bizarre, il se peut que ce soit un photo-montage, il faut alors essayer de retrouver la photo originale.

On peut retrouver l'origine d'une image en téléchargeant ou en indiquant l'URL (l'adresse web) de l'image dans la barre de recherche de Google images (en cliquant sur le signe de l'appareil photo « recherche par image »). Une recherche rapide permet de trouver sur quels sites et quand l'image a été publiée pour la première fois.

Il existe aussi *TinEye*, un outil qui permet de faire une recherche par image. Il permet de retrouver tous les sites sur lesquels apparaissent l'image en question. Même si la photo d'origine a été coupée, recadrée ou trafiquée, le moteur de recherche peut la retrouver.

2. Les outils anti-ragots

Il existe un certain nombre d'outils sur Internet, spécialisés dans la chasse aux hoax et aux fake news.

Hoaxbuster par exemple est un site qui lutte contre la propagation des rumeurs et des hoax sur Internet.

Si une info est suspecte, on peut l'envoyer à l'équipe d'Hoaxbuster qui effectue des recherches pour démêler le vrai du faux (par exemple en contactant les personnes ou institutions en question dans le message) et expose ensuite son opinion sur le sujet dans un article sur le hoax traité.

Hoaxkiller est un moteur de recherche qui permet d'identifier les hoax, des informations fausses, périmées ou invérifiables propagées malgré eux par les internautes.

Le *youtubeur Hygiène Mentale* a aussi réalisé une petite série de vidéos sur l'éducation aux médias. Il a filmé une classe où les élèves partent à la chasse aux fausses infos et aux hoax sur Internet. Avec quelques techniques bien rodées, ils deviennent de vrais *hoaxbuster* (chasseurs de hoax). Difficile de les tromper.

En bref !

9 milliardaires possèdent la majorité des médias

En France, les propriétaires des médias appartiennent aux secteurs des télécoms, des BTP, des banques et de l'armement.

L'information qui tourne en rond

Parce qu'ils sont en concurrence, les médias se copient les uns les autres, ce qui donne aux lecteurs l'impression de voir la même information partout.

L'objectivité n'existe pas

Les journalistes ne vivent pas dans des bulles. Leur environnement influence leur façon d'interpréter les faits. Un journalisme objectif est impossible, un journalisme honnête, oui !

L'information n'est pas une marchandise

Au même titre que le droit à la santé et à l'éducation, le droit à l'information vérifiée est un bien commun à défendre.

Les mots du journalisme

AFP (AGENCE FRANCE PRESSE)

Créée en 1944, l'AFP a pour rôle de récolter, vérifier et diffuser l'information de manière la plus factuelle possible auprès des professionnels des médias (télévision, radio, journaux…).

ANGLE

C'est une manière d'aborder un sujet d'actualité.

BÂTONNAGE

Réécriture de dépêches AFP de manière intensive pour assurer une forte production d'articles sur Internet.

BONNETTE

Accessoire en mousse ou en nylon qui protège le microphone, entre autres du vent. Elle est utilisée principalement pour les enregistrements en extérieur, et évite d'avoir des grésillement dans le micro.

CHEMIN DE FER

Représentation miniature du journal affichée sur les murs pour que les journalistes et maquettistes aient une vision d'ensemble du numéro qu'ils sont en train de réaliser.

CONTENUS SPONSORISÉS

Publicité déguisée en article de presse pour faire la promotion d'un produit ou d'une marque.

DÉPÊCHE

Article factuel produit par les agences de presse à destination des organes de presse.

DESK

Travail de journaliste réalisé uniquement depuis un bureau en s'informant sur Internet ou par des coups de téléphones. Le « deskeur » ne part jamais en reportage.

FACT-CHECKING

Technique journalistique qui consiste à vérifier la véracité d'un propos ou d'une information qui circule, en vue de débusquer les rumeurs et les mensonges.

HIÉRARCHIE DE L'INFORMATION

Placer les sujets dans le journal en fonction de leur importance.

HOAX

Ce mot anglais désigne un canular créé notamment à des fins malveillantes. Il peut s'agir d'un photomontage, d'une information mensongère…

MARRONNIER

Sujet qui revient chaque année dans l'actualité (rentrée scolaire, soldes, vacances au ski…).

SECRÉTAIRE DE RÉDACTION

Personne chargée de corriger les fautes d'orthographe, de réécrire l'article pour maintenir une cohérence éditoriale, de légender les photos, d'écrire les titres…

Lexique

ACTIONNAIRE

Investisseur qui achète une part du capital d'une entreprise. On appelle cette part une action. Plus l'action qu'il achète est élevée, plus il a du pouvoir pour prendre des décisions au sein de l'entreprise. Il est aussi rémunéré par des dividendes, c'est-à-dire qu'une partie de la richesse créée par les travailleurs de l'entreprise lui est reversée régulièrement.

AGENCE DE PRESSE

Une agence de presse est une entreprise qui vend aux médias de l'information (textes, photos, vidéos, etc.). Elle permet à ces derniers d'informer sur des pays dans lesquels ils n'ont pas, ou pas assez, de correspondants, et dans des domaines (musique, sport, économie) où l'agence peut compléter ou renforcer leur propre production.

ALGORITHME GOOGLE

C'est une suite d'instructions informatiques destinée à analyser le contenu d'un site Internet. L'objectif est de déterminer le positionnement du site web dans les pages de résultats de recherche de Google en réponse à une requête. 200 critères sont aujourd'hui pris en compte par l'algorithme de Google.

annonceurs

Il s'agit d'une organisation ou d'une entreprise qui mène une opération de communication, à travers des publicités, pour promouvoir ses produits ou sa marque. L'annonceur peut par exemple acheter des espaces publicitaires, dans les journaux, à la télévision, mais aussi dans l'espace publique, comme le métro par exemple.

Buzz

Le buzz est une technique marketing consistant à susciter du bouche à oreille autour d'un événement, d'un produit ou d'une offre commerciale et, ce faisant, créer des retombées dans les médias.

Déontologie

L'ensemble de principes et règles éthiques (code de déontologie, charte de déontologie) qui encadrent une activité professionnelle. Ces normes sont celles qui déterminent les devoirs minimums des professionnels. La déontologie du journalisme est encadrée par la charte de Munich de 1971.

Gafa

Il s'agit d'un acronyme pour Google, Amazon, Facebook (aujourd'hui Meta) et Apple. Il désigne les grandes acteurs de l'Internet. Leurs caractéristiques sont d'avoir un volume importants de données sur les utilisateurs et de générer des chiffres d'affaires astronomiques grâce aux données qu'ils vendent aux publicitaires. Meta compte 3,19 milliards d'utilisateurs quotidiens sur toutes ses plateformes (Facebook, WhatsApp, Instagram, Messenger).

Info-divertissement

Ce mot valise fusionne « information » et « divertissement ». Il concerne des médias qui diffusent à la fois des informations et du divertissement. On retrouve l'info-divertissement dans des émissions radio et télévisuelles (comme *Le Petit Journal* ou *On n'est pas couché*) ou des journaux en ligne comme Melty, Topito, Koreus, Demotivateur, Minutebuzz ou Konbini, financés principalement par de la publicité déguisée (contenu sponsorisé).

Internet 2.0

Cette expression est apparue en 2003 pour désigner cette version d'Internet où les internautes peuvent échanger et partager sur le web. Avec l'Internet 2.0, l'internaute est devenu un acteur à part entière d'Internet, qu'il peut agrémenter à travers les blogs, les réseaux sociaux, etc.

SOCIOLOGIE

Branche des sciences humaines, qui a pour l'objet l'étude des êtres humains dans leur milieu social. Elle cherche à apporter des explications sociales, et non naturelles ou biologiques, aux comportements et habitudes humains. Parmi les sociologues majeurs, on peut citer Émile Durkheim, Luc Boltanski, Max Weber et Pierre Bourdieu.

TYCOON

C'est un anglicisme dérivé du mot japonais *taikun* signifiant grand seigneur ou grand prince, le terme est lui-même d'origine chinoise. Il signifie magnat ou homme d'affaires prospère. C'est ainsi que l'on désigne des industriels comme Patrick Drahi ou Xavier Niel.

Pour aller plus loin

INTERNET

Action Critique Média : acrimed.org

Émissions sur les médias : arretsurimages.net

Émission *Ouvrez les guillemets*, Mediapart (YouTube)

Hugo Décrypte (YouTube, Twitch, TikTok, Instagram)

Jean Massiet (Twitch)

Samuel Étienne (La matinée est tienne) (Twitch)

LIVRES / BD

La fabrication de l'information, Florence Aubenas et Miguel Benasayag, La découverte, 1999

La machine à influencer, Brooke Gladstone et Josh Neufeld, Çà et là, 2014

La banlieue du « 20 heures », Jérôme Berthaut, Agone, 2016

L'affaire des affaires, intégrale Clearstream,
Laurent Astier et Denis Robert, Dargaud, 2009 à 2011

FILMS / SÉRIES

Media Crash, qui a tué le débat public ?, Valentine Oberti et Luc Hermann, 2022

Les illusions perdues, Xavier Giannoli, 2021

Pentagone Papers, Steven Spielberg, 2017

La maison de la radio, Nicolas Philibert, 2013

À la une du New York Times, Andrew Rossi, 2011

The Social Network, David Fincher, 2010

Good morning England, Richard Curtis, 2009

Missing, Costa Gavras, 1982

Les hommes du président, Alan J. Pakula, 1976

Série *The wire*, saison 5

DOCUMENTAIRES

Les films de Pierre Carles : *Fin de concession, Pas vu pas pris, Enfin Pris, Opération Correa*

Reporter, Raymond Depardon, 1981

Les nouveaux chiens de garde, Gilles Balbastre et Yannick Kergoat, 2011

PRESSE

Topo, Phosphore, Le 1, Le monde des ados, Okapi, Albert : petit journal illustré,...

Les autrices

Sophie Eustache, journaliste, collabore dans différents journaux de presse professionnelle et généraliste. En 2016, elle participe au collectif « Journalistes debout ». Depuis 2021, elle est membre active de l'association Acrimed (Action-Critique-Média). Elle a également écrit un essai sur les conditions de travail des journalistes.

Élodie Perrotin est diplômée des Arts Appliqués à Grenoble. Sa passion pour l'illustration se développe à Lyon à l'école Émile Cohl. Elle anime un atelier sur le dessin de presse autour de la collection.

NEWS!

BLA
BLA!
TV

Ce livre a été écrit en se basant sur une large documentation, notamment les ouvrages de Patrick Champagne, Pierre Bourdieu, Florence Aubenas, Julia Cagé et Alain Accardo, ainsi que des articles de revues (Le Temps des médias, Manière de voir, Le Monde diplomatique, Agir par la culture, Acrimed (Action-Critique-Média) et Arrêt sur images). Les rapports de Reporters sans frontières et du Reuters Institute ont aussi servi de sources. S. E.

Une bibliographie complète est disponible sur le site Internet des Éditions du Ricochet

Nous remercions Julien Bourdais et Jacques Trentesaux pour leur lecture et leurs commentaires.

Conception graphique : Élodie Perrotin

Achevé d'imprimer en mars 2025
sur les presses de Dimograf en Pologne
Dépôt légal : février 2023

2e édition, 2e tirage

MIXTE
Papier | Pour une gestion forestière responsable
FSC® C018236
FSC www.fsc.org

Loi n°49-956 du 16 juillet 1949 sur les publications destinées à la jeunesse.

editionsduricochet.com